光文社文庫

接点 特任警部

『接点:特任密行捜査』改題

南　英男

光　文　社

本作品はあくまでフィクションであり、
実在の人物や団体などとは一切、
関係がありません。

目次

接点

特任警部

第一章　謎の猟奇殺人

1

甘い香りが鼻腔《びこう》をくすぐる。

シャネルの香水か。あるいは、ディオールだろうか。六本木《ろっぽんぎ》にある大人向けのハントバー『マジソン』だ。

十一月上旬のある夜だった。九時を回っている。

時任卓也《ときとうたくや》はカウンターの端で、バーボン・ウイスキーのロックを呷《あお》っていた。銘柄はブッカーズだった。ワイルドターキーよりも気に入っている。

連れはいなかった。ワンナイトラブの相手を見つけにきたのだ。店の常連客ではなかったが、月に一、二度は立ち寄っている。

時任は振り返った。

斜め後ろに、二十六、七歳の美女が立っている。セクシーな肢体《したい》だ。乳房が豊満で、ウエストのくびれが深い。脚《あし》はすらりと長かった。

「どなたかとお待ち合わせでしょうか？」

女がしっとりとした声で訊《き》いた。

「いや、違います。ひとり淋《さび》しく飲んでるんですよ」

「あら、もったいないな」

「もったいない？」

「ええ。素敵なあなたをほっとくなんて、もったいないわ」

「リップサービスとわかっていても、悪い気はしないな。そちらも、おひとりみたいですね」

「ええ、そうなの。ご迷惑でなかったら、横に座ってもかまいません？」

「どうぞ、どうぞ！」

時任は目尻を下げ、隣のスツールをこころもち後方に引いた。

色っぽい美人が礼を言って、かたわらのスツールに腰かける。また、馨《かぐわ》しい匂いが漂《ただよ》った。花のような香りだった。

「カクテルでも、ワインでもお好きなものを頼んでください。オードブルも適当にね」

時任は自分のオードブル皿を横にのけ、誘いをかけてきた美女の横顔を見た。

並の女優よりも造作《ぞうさく》が整っている。色白で、肌理《きめ》も濃《こま》やかだ。

美しい女が初老のバーテンダーを呼び、マルガリータをオーダーした。テキーラにホワイト・キュラソーとレモンジュースを加えて、シェイクしたカクテルだ。

カクテルグラスの縁《ふち》に塩を塗ってスノースタイルにするのが一般的な飲み方である。

「マルガリータってカクテル名は、確か考案者の遠い昔の恋人マルガリータに因《ちな》んでるはずですよ。その彼女は不幸にも若くして亡くなったらしいんだ」

「物識《ものし》りなのね」

「たまたま何かの本で読んだことがあるんですよ。何かオードブルを注文したほうがいいな。アルコールだけだと、酔いやすいから」

「それでは遠慮なく、イベリコ豚の生ハムとシーフードサラダをいただきます」

美女が時任に言い、追加注文をした。バーテンダーが短い返事をして、さりげなく遠ざかる。

「いきなり自己紹介は野暮《やぼ》ですけど、わたし、藤代菜摘《ふじしろなつみ》といいます」

「そう。こっちは城島《じょうじま》、城島悠介《ゆうすけ》っていうんだ」

時任はくだけた口調で偽名を教えた。ハントバーで本名を明かす男女は少ないだろう。横にいる美人も適当な氏名を騙《かた》ったにちがいない。

三十八歳の時任は、警視庁捜査一課長直属の特任単独捜査官である。職階は警部だ。

東京の杉並《すぎなみ》区内で生まれ育った時任は都内の有名私大を卒業すると、警視庁採用の一般警察官《ノンキャリア》になった。

警察官を志望したのは、特に思い入れがあったわけではない。平凡なサラリーマンになりたくなかったのだ。地方公務員になったわけだが、別に安定を求めたのではない。国家権力に与《くみ》したいという意識もなかった。思想的には、いわゆるノンポリだった。

ただ、時任は制服が好きではなかった。そんなことで、できるだけ早く刑事になりたいと願っていた。

時任は一年間の交番勤務を経ただけで、刑事に昇任して上野《うえの》署刑事課強行犯《きようこうはん》係に転属になった。大崎《おおさき》署地域課時代、指名手配されていた強盗殺人犯に職務質問して検挙に繋《つな》げたことが高く評価されたようだ。

時任はほぼ二年置きに神田《かんだ》署、新宿《しんじゆく》署、渋谷《しぶや》署と移り、一貫して凶悪な事件の捜査に当たってきた。その間に五件の殺人事件を解決に導いた。

本庁捜査一課第四強行犯捜査殺人犯捜査第三係に栄転になったのは、三十代のときだった。

本庁勤めは、多くの刑事たちの憧《あこが》れだ。捜査一課には約三百五十人の刑事がいるが、そのひとりになるのは容易ではない。

時任は栄転を素直に喜んだ。その後、第五係、第七係と異動になり、一年前まで第五強行犯捜査殺人犯捜査第七係の係長のポストに就《つ》いていた。

時任は敏腕刑事として一目置かれる存在で、猟犬タイプだった。担当管理官の指示を無視し、自分の推測や経験則を優先させることが多かった。

筋読《すじよ》みを外すことはなかったが、協調性はないほうだ。時には、相棒《バディ》の所轄署刑事を聞き込み先に置き去りにすることもあった。

といっても、いわゆる点取り虫ではない。被害者たちの無念を一日も早く晴らしたいという思いが募《つの》る余り、ついつい性急になってしまうのだ。悪意はもちろん、他意もなかった。

しかし、捜査はチームプレイである。個人プレイは許されない。当然のことながら、時任に対する風当たりは強かった。実際、職場で孤立しがちだった。

そんな時任を惜《お》しんだ捜査一課長の笠原正人《かさはらまさと》警視正が、直属の特任単独捜査官に任命したのである。五十歳の笠原はノンキャリアの出世頭で、上層部に頼りにされていた。

捜査一課長の英断は、警視総監、副総監、刑事部長らに承認された。ただし、あくまで非公式の任務だ。時任は一年前から、表向き二〇〇九年春に百人体制で発足した捜査支援分析センターに所属している。

しかし、そこに彼のデスクはない。つまり、ゴーストメンバーだった。特命任務がないときは、恵比寿《えびす》二丁目にある自宅マンションで待機していた。ふだんは非番と同じで、登庁する義務はない。

特任指令の窓口は、警察官僚《キャリア》の桐山彰《きりやまあきら》理事官が担《にな》っていた。四十二歳の桐山は笠原課長の参謀で、もうひとりの理事官とともに十三人の管理官を束《たば》ねているエリートだ。それでいて、実に気さくな人物である。尊大さはまったくない。真のエリートだろう。

特任捜査中はシグP230Jの常時携行を認められている時任は、都内の各所轄署に設置された捜査本部の支援活動をしていた。ただ、正規の捜査員たちを刺激しないよう極力《きよくりよく》、心掛けている。

それでも、聞き込み先で正規捜査員たちと鉢合わせすることがあった。もっともらしく言い繕《つくろ》うのだが、不審がられたこともある。そんなときは必ず尾行を撒《ま》き、極秘捜査を覚《さと》られないようにしていた。

時任は、専用の覆面パトカーを貸与されている。灰色のエルグランドだ。いつもは借りている自宅マンションの駐車場に置いてあった。

時任は五年前に離婚して目下、独身だ。元妻は、時任の旧友と不倫していた。そうした苦い経験があったせいか、いまも女性不信は払拭《ふっしょく》できていない。

それでも、まだ男盛りだ。柔肌が恋しくなる晩もある。時任は時々、ショットバーやワインバーで知り合った二、三十代の独身女性と短いロマンスを娯《たの》しんでいた。

情事が終われば、たいがい虚《むな》しさを味わわされる。だが、束《つか》の間《ま》、心と体の渇《かわ》きは癒《いや》せるわけだ。いまは、それで充分だと考えている。多くを望むのはわがままだろう。

時任は単独捜査官だが、協力者がいた。ひとりではなく、二人だった。

ひとりは元刑事の私立探偵だ。品田博之《しなだひろゆき》という名で、六十二歳である。

品田は、時任が殺人犯捜査第七係の係長だったころの部下だ。停年退職した後《あと》、小さな探偵事務所を開いた。

物欲のない品田は、稼げる浮気調査はほとんど引き受けない。もっぱら失踪人捜しやストーカーの正体を突きとめている。

調査員や事務員を雇うだけの余裕はないようで、妻の聡子《さとこ》を電話番として事務所に詰めさせていた。聡子は品田よりも三つ若い。

叩き上げの品田は長いこと未解決事件の専従捜査に携《たずさ》わってから、時任の部下になった。その名残《なごり》で、いまでも時任を係長《ハンチョウ》と呼ぶ。

品田は昔気質《むかしかたぎ》の刑事だった。犯罪を憎んでいたが、切羽《せっぱ》詰まった理由で犯行に及んでしまった者たちには決して冷淡ではなかった。生き直せと言い諭《さと》し、更生にも力を尽くしていた。

もうひとりの協力者の寺尾理沙《てらおりさ》は二十九歳で、フリーの犯罪ジャーナリストだ。個性的な美女だ。頭の回転も速い。

理沙は子供のころから女性刑事に憧れていたらしいが、警察官にはなれなかった。母方の伯父《おじ》が博徒系暴力団の二次団体の組長だったせいだろう。

理沙の伯父は五十七歳だが、若い時分から血の気が多かったようだ。傷害罪で三度、有罪判決を受けている。血筋なのか、理沙も姐御肌《あねごはだ》だった。

夢を諦《あきら》めた彼女は大学を卒業すると、ある著名な犯罪心理学者の助手になった。そして二年数カ月前に独立し、犯罪ジャーナリストとして活躍中だ。

伯父が筋者《すじもの》ということで、理沙は裏社会に精《くわ》しい。少林寺拳法二段だ。並の男よりも強かった。

理沙は時任に密《ひそ》かな想《おも》いを寄せているようだが、恋情を言葉にしたことは一度もない。彼女は数年前に失恋し、その痛みをまだ引きずっている節《ふし》があった。

時任も理沙に惹《ひ》かれているが、どうしても恋愛に積極的にはなれない。とはいえ、男女のことは予測不能だ。何かをきっかけにして、二人が急速に接近するかもしれない。

カクテルとオードブルが運ばれてきた。

時任たち二人は、グラスを軽く触《ふ》れ合わせた。菜摘と名乗った女がマルガリータに口をつけてから、沈黙を破った。

「城島さんは、ただのサラリーマンではないんでしょう」

「どうしてそう思ったのかな」

「眼光が鋭いし、筋肉質の体形だから……」

「しがない勤め人だよ。精密機器メーカーで営業の仕事をしてるんだ」

時任は、でまかせを口にした。

「外れちゃったわね」

「きみこそ、平凡なOLには見えないな」

「わたし、バンケット・コンパニオンをしてるんですよ。きょうはオフなの。去年の夏に彼氏と別れてから空き家つづきだから、なんだか淋しくなっちゃって……」

「で、この店を覗《のぞ》いてみる気になったのか。こっちも似たようなもんですよ。実はバツイチなんだ。それ以来、なんとなく恋愛に臆病《おくびょう》になってしまってね」

「わーっ、もったいない。あなたなら、素敵な女性たちがなびくと思うけど。ロンリーな男と女が出会ったのですから、せめて今夜だけでも愉《たの》しく過ごしましょう」

菜摘は一杯目のカクテルを飲み干すと、次にスティンガーを選んだ。ブランデーにペパーミントホワイトを加えたカクテルである。すっきりとした味だが、アルコール度数は三十二度と低くない。

時任もバーボン・ロックをお代わりした。グラスを重ねているうちに、いつしか二人はすっかり打ち解けていた。

「わたし、広尾《ひろお》に1LDKのマンションを借りてるの。わたしの部屋でゆっくりと飲みません？」

菜摘が五杯目のカクテルを空けてから、時任の耳許《みみもと》で囁《ささや》いた。

「いいのかな」

「新しいハイヒールを履《は》いてきたんで、少し爪先《つまさき》が痛いの。できたら、自分の部屋でリラックスしたいんですよ。でも、まだ城島さんと一緒にいたいの。独り酒だと、なんだか悪酔いしそうで。ね、つき合って！」

「ちょっとお邪魔するか」

時任は二人分の勘定を払って、先にスツールから滑り降りた。据《す》え膳《ぜん》を喰《く》わないほど堅物《かたぶつ》ではない。菜摘と連れだって店を出る。

夜風は尖《とが》っていた。

菜摘がごく自然に身を寄り添わせてくる。時任は菜摘の肩に腕を回した。二人は表通りまで歩き、通りかかったタクシーを拾った。広尾までは、ほんのひとっ走りだった。

菜摘の自宅マンションは住宅街の一角にあった。八階建てで、南欧風の造りだった。菜摘の部屋は六〇五号室だ。

「どうぞ入って」

部屋の主《あるじ》が先に入室し、玄関マットの上に立った。時任は後ろ手にドアを閉めた。

次の瞬間、菜摘が全身で抱きついてきた。すぐに爪先立って、時任の唇を貪《むさぼ》りはじめる。

時任は、菜摘の官能的な唇を吸い返した。菜摘が情熱的に舌を絡《から》めてくる。

生温かい舌は巧《たく》みに動いた。時任の舌を吸いつけるだけではなかった。上顎《うわあご》の肉や歯茎《はぐき》も舌の先でくすぐった。あまり知られていないが、どちらも性感帯だ。

菜摘はディープキスを交わしながら、大胆に時任の股間をまさぐりはじめた。リズミカルに揉《も》み、熱を孕《はら》んだペニスの先端を布地の上から爪で掻《か》く。

時任は欲情をそそられ、菜摘の体を愛撫《あいぶ》しはじめた。乳房を慈《いつく》しみ、形のいいヒップを撫《な》で回す。

「キスしたら、もうブレーキが外れちゃったの。先にベッドで愛し合いましょうよ」

菜摘が顔を離し、切なげに言った。

「その前にシャワーを浴びさせてほしいな」

「そのままでいいのに。わたし、男性の体臭は嫌いじゃないの。汗臭かったりしても、平気よ」

「大人のエチケットだから、ざっとシャワーを浴びさせてくれないか」

「わかったわ。浴室に案内します。早く靴を脱いで」

「ああ」

時任はアンクルブーツを脱ぎ、玄関ホールに上がった。

菜摘が時任の手を取って歩きだした。浴室は左手の奥にあった。

時任は菜摘がリビングに向かうと、洗面所兼脱衣所で手早く裸になった。

熱めのシャワーを浴びてから、ボディーソープの白い泡を全身に塗《ぬ》り拡《ひろ》げる。昂《たか》まった分身は萎《しぼ》みきっていなかった。半立ち状態だった。

泡を洗い落とした直後、浴室のドアが荒っぽく開けられた。

崩れた印象を与える三十二、三歳の細身の男が足拭《ふ》きマットの上に立ち、歪《ゆが》んだ笑みを浮かべている。どうやら美人局《つつもたせ》に引っかかってしまったようだ。

不覚にも罠《わな》の気配すら感じ取れなかった。思わず時任は自嘲《じちょう》した。

「余裕こいてる場合じゃないだろうがよ」

男がせせら笑い、時任の警察手帳を高く翳《かざ》した。警察官は非番のときも、警察手帳を携帯しなければならない。

「菜摘と称した女のヒモか」

「なめんじゃねえ。おれは中古バイクの販売で喰ってるんだ。ヒモじゃねえや」

「暴走族《マルソー》上がりの半グレか。誰に頼まれて、おれを嵌《は》めた？」

「あんた、二十代のころは新宿署ででかい面《つら》してたんだってな。虚仮《こけ》にされた人間にだいぶ恨《うら》まれてるぜ」

「だいぶ昔のことで、こっちを逆《さか》恨みしてる奴がいるって⁉　そいつは誰なんだ？」

「それは言えねえな。警察手帳《チョウメン》を返してほしけりゃ、新宿署の押収品保管庫にある極上《マブ》の覚醒剤《ネタ》五キロを盗《ギ》るんだな」

「おれがいたのは刑事課だ。組織犯罪対策部の押収品保管庫に近づいたら、たちまち怪しまれるだろう」

時任は言いながら、濡《ぬ》れたタオルを腰に巻いた。いつの間にか、性器は力を失っていた。

「おれを怒らせたら、長生きできねえぞ」

「もう少し気の利いた凄《すご》み方をしろよ」

「なめやがって！」

男が気色《けしき》ばみ、黒いレザージャケットの内ポケットを探《さぐ》った。摑《つか》み出したのは両刃のダガーナイフだった。刃渡りは十五、六センチだろうか。

「刺す度胸があるんだったら、刺してみろ」

時任は挑発し、浴室の奥まで退《さ》がった。誘いだった。

相手が警察手帳をバスマットの上に落とし、浴室に足を踏み入れる。隙《すき》だらけだった。時任はシャワーヘッドをフックから外し、男の顔面に投げつけた。シャワーヘッドは相手の眉《み》間《けん》を直撃した。肉と骨が鋭く鳴る。

男がたじろいだ。時任はダガーナイフを奪い取り、すぐに片刃を相手の頸動脈《けいどうみやく》に密着させた。

「誰に頼まれたか吐くんだっ」

「口なんか割らねえぞ」

「少し箔《はく》をつけてやるか」

「な、何する気だよ⁉」

男の目に怯《おび》えの色が宿《やど》った。時任は無言で、男の左の頰《ほお》にダガーナイフの切っ先を当てた。

「斜めに刀傷がありゃ、チンピラどもはビビるだろう」

「本気なのか？」

「もちろんだ」

「やめろ！　やめてくれーっ。九年前まで新宿署で暴力団係《マルボウ》をやってた山路猛《やまじたけし》さんだよ。あんた、山路さんがやくざと癒着《ゆちゃく》してるって署長に密告《チンコロ》したんだってな。だから、山路さんは懲戒免職になって誠和会《せいわかい》の盃《さかずき》を貰《もら》わなきゃ生きていかれなくなった。けど、元刑事だから、なかなか貫目《かんめ》が上がらない。四十五になっても、まだ準幹部になれねえんだってさ。山路さん、あんたに人生設計を狂わされたって怒ってたよ」

「おれは密告なんてしていない。誰かがおれを陥《おとしい》れたかったんだろうな。山路は、このマンションの近くにいるのか？」

「いねえよ。どこにいるのかわからねえんだ。おれ、山路さんに世話になったことがあるんだよ。だから、頼みを断れなかったんだ」

男が震え声で言い訳した。

時任はダガーナイフを浴槽の中に投げ込み、男の頬を力を込めて挟《はさ》みつけた。一分も経《た》たないうちに、相手の顎の関節は外れた。

男は洗い場に頽《くずお》れ、体を丸めて獣のように唸《うな》りはじめた。涎《よだれ》を垂らしている。

時任は男を跨《また》いで浴室を出て、バスタオルで濡れた体を拭《ぬぐ》った。衣服をまとい、拾い上げた警察手帳を懐《ふところ》に仕舞《しま》う。

そのすぐ後《あと》、自称菜摘が洗面所兼脱衣所のドアを開けた。

「あなたを罠に嵌《は》めたことは悪かったわ。謝ります。気が進まなかったんだけど、同棲してる彼とは腐れ縁だから……」

「浴室で唸ってる奴は半グレなんだろう？」

「ええ」

「なんて名なんだ？」

時任は問いかけた。

「手塚保《てづかたもつ》よ。三十二歳で、前科歴はないはず。でも、歌舞伎町でヤーさんに絡まれて、数年前に袋叩きにされそうになったことがあったんだって。そのとき、通りかかった山路という元刑事が味方になってくれたらしいのよ。かなり前のことなんだけど、いまでも彼は山路さんには恩義があると思ってるみたいね」

「で、山路のために一肌脱いだってわけか」

「ええ。彼の肩の関節でも外したの？」

「いや、顎の関節を外したんだ」

「そうなの。わたしを抱いてもいいわ。その代わり、その後に彼の関節を元通りにしてやって。わたしの本名は梨木乃恵《なしきのえ》よ。わたしたち二人のことを赦《ゆる》してくれるんだったら、どんな要求にも応じるわ」

乃恵は時任の前にひざまずくと、チノクロスパンツのファスナーに手を掛けた。時任は乃恵を乱暴に立たせ、バックハンドで顔面を殴りつけた。

乃恵が壁にぶつかり、床《ゆか》に転がった。長く唸り、わなわなと震えはじめた。

「これで勘弁してやろう」

時任は言い捨て、玄関ホールに足を向けた。

2

タクシーの空車は通りかからない。

時任は、乃恵の自宅マンションの前の路肩《ろかた》に立っていた。帰宅するつもりだった。

数分待ってみたが、あいにく空車ランプを灯《とも》したタクシーはやってこない。時任は地下鉄広尾駅に向かって歩きだした。

二百メートルほど進んだとき、キャメルカラーのカシミヤジャケットの内ポケットで刑事用携帯電話《ポリスモード》が鳴った。

時任は道端にたたずみ、懐を探った。警視庁の全百二署の地域警察官には、二〇一〇年からPフォンと呼ばれる携帯電話が貸与されている。写真・動画の撮影が可能なだけではなく、画像を本庁通信指令本部やリモコン室に送信できる。その画像は捜査関係者たちに同時送信が可能だ。

私服の捜査員たちは、ポリスモードを持たされていた。機能はPフォンと同じだ。

発信者は桐山理事官だった。時任は気持ちを引き締め、ポリスモードを耳に当てた。

「いま恵比寿の自宅かな？」

桐山が問いかけてきた。

「いいえ、広尾にいます。知人宅で一杯飲《や》って、これから帰宅しようと思ってたところです。特別任務の指令ですね？」

「そう。これから例の店の個室席《コンパートメント》で落ち合いたいんだが、どうだろう？」

「数十分で、いつもの個室に入れると思います」

「そうか。いつもは二人だが、今夜は笠原課長が同席される」

「わかりました。で、今回の指令は？」

「十月七日の夜、代々木《よよぎ》署管内で起きた、飲食店チェーン運営会社の社長が自宅で撲殺され、切断されたペニスを口の中に突っ込まれていた事件の支援捜査をしてもらいたいんだよ。その事件《ヤマ》は、まだ記憶に新しいはずだ」

「ええ。猟奇色の濃い事案《じあん》なんで、よく憶《おぼ》えています。確か代々木署に設置された捜査本部には捜一《そういち》の殺人犯捜査第三係が出張《でば》ったんではありませんか？」

時任は確かめた。

「そうなんだが、第一期の一カ月では容疑者の特定はできなかった。それで、一昨日《おととい》から第七係の十二人を追加投入したのだが、すぐに捜査が進展するとは思えないな。で、課長の指示で時任君に助《ス》けてもらうことになったわけだ。急な呼び出しで悪いが、西麻布《にしあざぶ》のダイニングバーで落ち合おう」

「了解です」

「少し待たせることになるかもしれないが、われわれも急いで店に向かうよ」

桐山理事官が電話を切った。

時任はポリスモードを上着のポケットに戻すと、少し先にある横断歩道まで走った。車道の反対側に渡り、目でタクシーを探しはじめる。

少し待つと、運よく空車を捕まえることができた。時任はタクシーに乗り込み、西麻布に向かった。

目的のダイニングバーに着いたのは十数分後だった。

時任は店内に入った。顔見知りの男性店長が笑顔を見せ、案内に立った。理事官が予約済みだった。

たいがい桐山とは最も奥の個室席で落ち合っていた。カラオケルームと同じような造りで、ドアの上部だけにガラスが嵌《は》められている。六畳ほどの広さだ。

時任は個室席に落ち着くと、セブンスターに火を点《つ》けた。ヘビースモーカーではなかったが、一日二十本程度は喫っている。携帯用灰皿を常に持ち歩いている。課長と理事官は喫煙者ではなかった。

七、八分待つと、笠原課長と桐山理事官が揃《そろ》って顔を見せた。時任はソファから立ち上がり、二人に挨拶《あいさつ》した。

桐山が店長に飲みものと数種の料理をオーダーし、笠原課長と並んで腰かけた。時任と向かい合う位置だった。

店長が下がると、笠原が口を開いた。

「代々木署の捜査員と一緒に捜査に当たった本庁《うち》の殺人犯捜査三係のメンバーは粒揃《つぶぞろ》いなんだが、第一期では容疑者の絞り込みもできなかった」

「そうらしいですね。追加投入された七係の連中は優秀ですんで、そのうち容疑者を特定するでしょう」

「そうしてほしいが、なんとなく心許《こころもと》なくなったんで、時任君に動いてもらうことにしたんだよ。二期、三期と捜査が長引くと所轄署に負担をかけることになるからね」

「ええ」

時任は相槌《あいづち》を打った。捜査本部の経費は全額、所轄署が負担する決まりになっている。また、所轄署員との合同捜査は第一期だけに限られていた。一カ月以内に事件が落着しなければ、所轄署の刑事たちはそれぞれの持ち場に戻る。その代わりとして、本庁の殺人犯捜査係が一カ月ごとに追加投入される仕組みになっていた。

本庁捜査一課としては第一期内に事件を解決させたいと望んでいる。遅くとも第二期内に結着させないと、恰好《かっこう》がつかない。そんなことで、笠原課長は少し焦《あせ》りはじめているのだろう。

飲みものと食事が運ばれてくるまで、三人は雑談を交わしはじめた。桐山理事官と二人だけで会ったときも、そうしてきた。

やがて、ビールと数種の料理が個室席に届けられた。

「ご苦労さま！　コールボタンを押すまで、この個室席には近づかないでくれませんか。わがままを言って申し訳ない」

桐山がウェイターに言ってから、手早く三つのグラスにビールを注《つ》いだ。ウェイターが一礼し、個室席から出ていく。

三人は軽くビアグラスを触れ合わせ、おのおの喉を湿らせた。

「少し飲み喰いしてから、捜査資料に目を通してもらおうか」

桐山理事官が時任に顔を向けてきた。

「こっちは、もう腹に入りません。桐山さんの電話を受ける前に大いに飲み喰いしたんですよ」

「そうなのか」

「捜査資料のファイルを……」

時任は促《うなが》した。桐山が、かたわらの椅子の上に置いた黒いビジネスバッグから青いファイルを取り出す。

時任は捜査資料のファイルを受け取り、膝の上で開いた。

表紙とフロントページの間に、鑑識写真の束《たば》が挟まっている。二十数葉《よう》で、カラー写真ばかりだった。

時任は写真の束を手に取って、一枚ずつ捲《めく》りはじめた。

被害者の深沢耕平《ふかざわこうへい》、三十六歳は自宅の居間で倒れている。仰向《あおむ》けだ。前頭部が大きく陥没し、切断された自身のペニスを口の中に突っ込まれていた。顔半分は血塗《まみ》れだ。スラックスとトランクスは足首まで下げられ、左の太腿《ふともも》に口紅で、〝ヘンタイ〟と書き込まれている。

犯人は女性なのだろうか。

時任はそう思いながら、鑑識写真を繰《く》った。凶器の青銅《ブロンズ》の壺《つぼ》は遺体のそばに転がっていた。血糊《ちのり》がへばりつき、近くには赤い雫《しずく》が散っている。死体の下の血溜《だ》まりは大きい。

時任は鑑識写真に目を通すと、事件調書の写しを読みはじめた。

事件が発生したのは十月七日の夜だった。犯行現場は渋谷区代々木五丁目十×番地にある深沢宅だ。事件通報者は、被害者が経営していた飲食店チェーン運営会社『フェニックス・コーポレーション』の専務の尾形《おがた》諒《りょう》、四十三歳だった。

一一〇番通報したのは、翌八日の午前十時七分である。深沢社長がいつもの時刻に出社していないことを不審に思った尾形専務は、故人のスマートフォンに電話をかけた。しかし、通話可能状態にはならなかった。

不安を覚えた尾形は会社の車を自ら運転して、社長宅に急行した。インターフォンを鳴らしたが、まったく応答はなかった。門灯と玄関灯は点いたままだった。

尾形は不吉な予感を覚え、勝手に被害者宅に足を踏み入れた。

玄関のドアは施錠されていなかった。玄関ホールは照明で明るかった。尾形専務は社長の名を連呼しながら、家の奥に進んだ。

すると、一階の居間で家の主《あるじ》が殺害されていた。尾形は驚きながらも、すぐに一一〇番通報した。

代々木署地域課員たちが最初に臨場し、少し遅れて刑事課の捜査員、警視庁機動捜査隊員らが駆けつけた。真っ先に鑑識作業が行われ、検視に移った。

遺体はいったん代々木署に安置され、その日の午後に司法解剖に回された。昭和二十三年まで東京二十三区内で起こった殺人事件の被害者は東京大学法医学教室か慶應義塾大学法医学教室で司法解剖されていたが、その後は東京都監察《かんさつ》医務院で行われている。多摩地域の司法解剖は、現在も杏林《きょうりん》大学医学部と東京慈恵会《じけいかい》医科大学に委嘱《いしょく》されている。

死因は打撲《だぼく》による脳損傷だった。死亡推定日時は十月七日午後十時から翌午前零時の間とされた。初動捜査で、被害者が事件当夜に高級デリバリー嬢を自宅に呼んだことが明らかになった。

被害者は割増料金を払うからと全裸にしたデリヘル嬢を麻縄で亀甲縛《きっこうしば》りにして、アナル・セックスを強行した。代々木署に設けられた捜査本部は当初デリヘル嬢の羽佐田麻希《はさだまき》、二十二歳を怪しんだ。

しかし、防犯カメラの画像解析で麻希が被害者宅に滞在したのは事件当夜の午後八時十分から九時の間だったと判明した。麻希は捜査対象者から外された。

その後、捜査本部は被害者の深沢が十二年前の秋にレイプ未遂事件を起こしていた事実を知る。犯されそうになったのは、当時、二十五歳のOL新見香織《にいみかおり》だった。半月後、香織は婚約を破棄《はき》されたことでひどくショックを受けて服毒自殺してしまう。

レイプ未遂容疑で逮捕されたとき、深沢の姓は田所《たどころ》だった。三年数カ月の刑に服してから、老夫婦の養子になって苗字《みようじ》を変えたのである。

深沢が仮出所した日、新見香織の実兄の敏《さとし》は元服役囚を殴打して二週間の怪我を負わせた。傷害事件だ。

深沢は香織の身内に何か仕返しをされても仕方がないと思っていたのか、被害届は出さなかった。そのおかげで、新見敏はなんの科《とが》も受けなかった。その一件を警察は、捜査本部の聞き込みで初めて知った。

新見敏には犯行動機がある。捜査本部は新見を洗いはじめた。だが、新見にはれっきとしたアリバイがあった。実行犯ではあり得ない。新見が第三者に深沢を始末させた気配もうかがえなかった。

次に捜査本部は深沢と別居中の妻瑞穂《みずほ》、三十五歳に疑惑の目を向けた。深沢夫婦が離婚を前提にして別居に踏み切ったのは、およそ五カ月前だ。夫婦はひとり息子の雄太《ゆうた》、七歳の親権を巡ってともに一歩も譲らなかった。

業《ごう》を煮《に》やした深沢瑞穂は実弟の井本健《いもとけん》、三十二歳に夫を拉致《らち》監禁させ、痛めつけさせた。

だが、深沢は頑《がん》として子供の親権を手放さなかった。

捜査本部は、姉弟《きょうだい》が共謀して殺し屋に深沢耕平を葬《ほうむ》らせた疑いも捨て切れないと考えた。しかし、どちらも第三者に殺人を依頼した事実はなかった。そうした経緯があって、結局、捜査本部は第一期内に容疑者を特定できなかったのだ。

時任はファイルに鑑識写真を挟み、顔を上げた。そのとき、桐山理事官と目が合った。

「担当管理官の報告によると、殺害された深沢は女性をサディスティックに嬲《なぶ》ることに歪《ゆが》んだ快感を覚えるタイプだったようなんだよ」

桐山が言った。

「そうだったんでしょうね。だから、十二年前の秋に新見香織というOLを力ずくで犯そうとした。そうした性癖は治らないでしょうから、事件当夜、高級デリヘル嬢を亀甲縛りにして強引に後ろの部分に……」

「そうなんだろうな。わたしは直感的にデリヘル嬢がひどいことをされたので、頭にきて凶行に走ってしまったのではないかと思ったんだ。しかし、彼女が被害者宅にいたのは防犯カメラの画像解析で事件当夜の八時十分から九時までと判明した」

「ええ、そうですね。その後の画像解析の記述はありませんでしたが、どういうことなのでしょう？」

時任は、疑問に思っていたことに触れた。

「何者かが防犯カメラに黒い袋を被《かぶ》せたようで、十時数分前から何も映らなくなってしまったんだよ。おそらく加害者が死角になる場所を見つけて、防犯カメラのレンズを塞《ふさ》いだんだろう」

「わたしも、そう思うね」

笠原課長が話に加わった。

「お二人の筋読みは正しいと思います。おそらく防犯カメラのレンズを黒い袋で塞いだ者が、被害者を撲殺したんでしょう」

「そう考えてもいいだろうな。担当管理官の話によると、被害者《マルガイ》は独身だと偽って結婚を餌《えさ》にし、二、三十代の独身女性たちの肉体を弄《もてあそ》んでいたようなんだ。適当に遊ばれた女性は十人以上もいたそうだよ」

「悪い奴だったんですね、故人は。殺されても当然だったのかもしれないな。しかし、法治国家です。殺人者を野放しにしておくわけにはいきません」

時任は課長に言った。

「そうだね。われわれは法の番人だからな。青銅の壺には加害者の指掌紋《ししょうもん》や皮脂《ひし》はまったく付着していなかったから、衝動的な殺人じゃないな。計画的な犯行にちがいないよ」

「課長がおっしゃった通りでしょうね。ペニスは鋏《はさみ》で切り落とされたと推定されると資料に記《しる》されていました。そのことだけでも、計画的な殺人だったとわかります。加害者は素早く両手にビニール袋かポリエチレンの手袋を嵌めて、凶行に及んだんでしょう」

「だろうね。片方の太腿に口紅で〝ヘンタイ〟と書かれていたことと切断したペニスを口中に突っ込んだ手口から推察して、女の犯行臭いと思ったんだ。きみはどう思う？」

「女の犯行だと強調してるような作為《さくい》を感じましたが、まだ何とも言えません。特別に大きくて重いブロンズの壺を振り回したわけではありませんから、普通の若い女性でも持てるでしょう」

「そうだろうね。やっぱり、被害者に恨《うら》みを持つ女の仕業《しわざ》なのか。理事官、『フェニックス・コーポレーション』の業績は悪くないという話だったな？」

「ええ。深沢の会社は東日本に立ち喰いイタリアンレストランを約百八十店舗チェーン展開してて、全店が黒字になっています。客単価は三千円そこそこでもスタンディングですので、回転率がいいんですよ。薄利多売で成功し、年々、年商をアップさせてきたんでしょう」

桐山が答えた。

「社員待遇は悪くないようだから、ブラック企業じゃなさそうだね。となると、社長を恨んでた男性社員はいないだろう。だが、女性社員の中に深沢にさんざん体を弄ばれた娘《こ》がいるのかもしれないぞ」

「課長は、口紅で落書きされてた〝ヘンタイ〟が事件を解く鍵になると考えてらっしゃるようですね」

「それほど強く思ってるわけじゃないんだが、遺体から男性のシンボルを切り取るなんて発想は野郎にはないだろう」

「そう考えると、女が踏んだ犯行《ヤマ》なのでしょうか」

「お二人とも、あまり結論を急がないほうがいいと思います」

時任は課長と理事官を等分に見ながら、控え目に進言した。笠原課長が頭に手をやった。

「二期目に入ったんで、つい焦りが出てしまったな。時任君が言った通りだろうね」

「生意気なことを言ったかもしれません」

「いいんだ、いいんだ。捜査資料をじっくり読んで、明日から支援捜査に取りかかってくれないか」

「わかりました。ベストを尽くします」

「よろしく頼むよ。理事官、当座の捜査費として百万円を時任君に渡してもらえないか」

「はい」

桐山がビジネス鞄から厚みのある茶封筒を摑《つか》み出し、時任に差し出した。時任は茶封筒を受け取り、上着のポケットに収めた。

数十分後、先に個室席を出た。時任は店の近くでタクシーを拾い、自分の塒《ねぐら》に戻った。

タクシーが走り去ったとき、暗がりの奥で人影が動いた。

時任は身構えながら、闇を透《す》かして見た。身を潜《ひそ》めていたのは元刑事の山路猛だった。現職のころからアウトローっぽかったが、いまや組員丸出しの風体《ふうてい》だ。

「山路、なんか誤解してるな。おれは、そっちが裏社会の連中と癒着《ゆちゃく》してることは知ってたよ。だが、そのことを誰かに密告《チク》った覚えはないぞ」

時任は言った。

「おたくに顎《あご》の関節を外された手塚って半グレもそう言ってたよ。梨木乃恵がおれのスマホに電話してきたんで、広尾のマンションに行って手塚の顎の関節を元通りにしてやったんだ。そのとき、手塚はおたくが空とぼけてるようには見えなかったと何度も言った。だから、早とちりしたかもしれないと思って……」

「おれが密告者だったら、本気で新宿署の押収品保管庫から極上の覚醒剤《シャブ》をくすねさせる気だったのか？」

「否定はしないよ。現職の暴力団係《マルボウ》のころは誠和会の会長や大幹部たちは、おれをちやほやしてくれた。だから、懲戒免職になった九年前に盃を貰ったんだ。そのとたん、会長と若頭はおれに冷淡になりやがった。考えてみりゃ、当然だろうな。奴らは現職のおれを利用してただけなんだからさ」

山路が自嘲《じちょう》的な笑みを浮かべた。

「なかなか貫目《かんめ》が上がらないんで、ここらで足を洗う気になったのか？」

「そうだよ。おたくが密告者と思い込んでたんで、マブネタを五キロぐらい盗み出させて広島か福岡の組織にこっそり売《バイ》しようと考えてた。元悪徳警官のやくざ者が堅気《かたぎ》になっても、雇ってくれる会社なんて見つからないだろう？」

「そうかもしれないな」

「個人的なシノギで得た金を元手にして、何か商売をする気でいたんだ。けど、どうやら早とちりしてたみたいだから、男らしく詫《わ》びにきたんだよ。どうすれば、水に流してくれるかな。おれをぶん殴りたきゃ、そうしてもかまわない」

「誤解してたことを認めたから、別に謝罪なんて必要ないよ」

時任は穏やかに言った。

「そうはいかない。けじめは、ちゃんとつけないとな」

「いいって」

「いや、きちんと詫びてえんだ」

山路が土下坐して、額を路面に擦《こす》りつけた。

「芝居がかったことをするなよ」

「悪かった。勘弁してくれっ」

「堅気になって生き直したほうがいいんじゃないか。それしか言えないな。いつまでも冷たい路面におでこをくっつけてると、風邪をひくぜ」

時任は言って、自宅マンションの敷地に走り入った。

3

豪邸だった。

代々木五丁目にある被害者宅だ。時任は、専用捜査車輛のエルグランドを深沢宅の石塀の際《きわ》に寄せた。密行捜査の指令を受けた翌日の午前十一時前だ。

時任は支援捜査を開始する前に毎回、事件現場に足を運んでいる。遺留品の見落としがあったかもしれないと考えているわけではなかった。

殺人現場に立つと、被害者の無念がひしひしと伝わってくる。当然、捜査意欲を掻《か》き立てられる。それが目的だった。

深沢宅の門扉《もんぴ》の近くに、大手不動産会社のロゴ入りの車が駐《と》められていた。

被害者はまだ離婚していなかった。亡夫の遺産を相続する深沢瑞穂は、自宅を売却する気になって査定を依頼したのだろうか。

時任は静かにエルグランドを降り、深沢邸の門に近づいた。門柱の陰から、門扉越しに広い内庭を覗く。

瑞穂が三人の男と立ち話をしている。捜査資料に貼付《ちょうふ》された顔写真よりも、だいぶ若々しく見えた。夫が亡くなって一カ月そこそこだが、表情は暗くない。それどころか、明るく見える。それだけ夫婦仲は冷え切っていたのか。

瑞穂のかたわらに立っているのは、『フェニックス・コーポレーション』の尾形専務だった。資料の写真よりも、二つ三つ老けて見える。苦労が多いのか。

瑞穂たちと向かい合っているのは、大手不動産会社の社員だろう。どちらもグレイ系の背広に身を包み、きちんとネクタイを締めている。片方は五十代と思われるが、連れの男は三十二、三歳ではないか。

「査定額が二億二、三千万とうかがって、ちょっとショックだわ。このあたりの坪単価から計算して、三億円で売れると思ってたんですよ」

瑞穂が五十絡《がら》みの男に言った。

「ご主人が先月、居間で不幸な最期《さいご》を遂げられていますので……」

「もっと高く売れるようなら、建物を解体してもいいですよ。解体費が四百万円前後かかるでしょうけど、二億七、八千万円で売れるなら、そのほうが得だものね」

「家屋を解体しても、事件のことがすぐに風化するわけではありません」

「それだから、いい買い手が見つかる可能性は低いとおっしゃりたいの？」

「正直に申し上げると、そうですね。相場よりも大幅に値下げしないと、なかなか買い手は現われないでしょう」

「更地にしてお清めしてもらえば、どうってことはないでしょうが？」

「売り手の方はそう思われるでしょうが、やはり殺人事件のあった土地を喜んで買う方は少ないと思います」

「わかったわ。別の不動産会社に査定し直してもらいます。これだけの敷地があるのに、査定額が二億二、三千万円では話にならないわ」

「二億四、五千万円で売れるよう営業努力を重ねますので、どうか小社の専任媒介《ばいかい》ということで……」

相手が揉み手で提案した。

「仲介を一社に絞ったら、いつ買い手が現われるかわからないわね。二億八千万円で、おたくの会社で買い取ってくれませんか。跡地に建売住宅を四、五棟建てれば、充分に儲《もう》かるでしょ？」

「それはご勘弁ください。建売住宅用の土地を幾つか抱えていますし、すぐに転売できる物件でもありませんのでね」

「お引き取りください」

「えっ⁉」

「あなたたちの会社は頼りになりそうもないから、別の大手不動産会社に物件の売却をお願いするわ。お帰りになって」

未亡人がそう言い、不動産会社の社員たちに背を向けた。取りつく島がない様子だった。

二人の男が苦く笑って、深沢宅から出てくる。

時任は物陰に隠れた。ほどなく不動産会社の車が走り去った。それを見届けてから、ふたたび時任は深沢邸の門扉に接近した。

瑞穂と尾形専務は、まだ庭にたたずんでいる。向かい合う形だった。どちらも、時任には気づいていないようだ。

「奥さん、別の大手不動産会社に査定させますよ」

「そうしていただける？　ここが売れたら、港《みなと》区内にタワーマンションを買って雄太と一緒に暮らすつもりなの」

「『フェニックス・コーポレーション』の本社は南青山《みなみあおやま》にありますので、出社しやすいと思います」

「ええ、そうね。それはそうと、専業主婦だったわたしに社長が務《つと》まるかしら？」

「大丈夫ですよ。実務はわたしがきちんとやりますので、奥さんはいてくださるだけでいいんです」

「尾形専務を本当は頼りにしてるの。よろしくね」

瑞穂が艶然《えんぜん》と笑った。

「全力で奥さんをサポートさせてもらいます。これまで副社長のポストはありませんでしたが、その任にわたしを就《つ》かせてくださるという話は光栄です」

「人事のことで尾形さんにご相談なんだけど、空席になった専務のポストにわたしの弟の井本健を就かせたいと思ってるの。弟はデザイン事務所を畳《たた》んで、わたしを支えたいと言ってくれたのよ」

「弟さんをいきなり専務として迎え入れたら、木下《きのした》常務は面白くないでしょうけど、わたしがうまく彼を説得します」

「そうしてくださる？」

「わかりました。わたし、そろそろ会社に戻ります」

尾形が一礼し、身を翻《ひるがえ》した。そのとき、瑞穂が尾形の片腕にしなやかな白い指を添えた。

「近いうちに二人だけで食事をしましょうよ。あなたとは本音をぶつけ合えるビジネスパートナーになりたいと思ってるの」

「二人だけで？」

「そう。深沢は亡くなったわけだから、もうわたしは人妻じゃないわ。誰とデートしたって、別に問題はないでしょ？」

「それは、そうですが……」

「泊まりがけで温泉地に出かけたほうが寛《くつろ》げそうね。奥さまに秘密を持つのはまずいかしら？」

「もう倦怠期《けんたいき》に入っています。二人の子供には愛情を持っていますが、妻には……」

「それなら、尾形さんを誘惑しちゃおう。デートの件、考えてみて」

「は、はい。きょうはこれで失礼します」

尾形が嬉しそうな表情で言い、石畳のアプローチをたどりはじめた。時任は、またもや深沢宅から離れた。

表に出てきた尾形は深沢邸の隣家の生垣《いけがき》の横に駐《と》めてある黒いレクサスに乗り込み、すぐに発進させた。

深沢瑞穂は尾形に気がある素ぶりを見せ、夫を亡き者にさせたのだろうか。その見返りに、副社長の座を与える気になったのかもしれない。

時任はそう推測しながら、深沢宅の門の前から瑞穂に声をかけた。

「警視庁の者ですが、深沢さんですよね？」

「はい、そうです」

瑞穂が急ぎ足で門の向こう側まで歩いてきた。時任は警察手帳を呈示《ていじ》して、姓だけを名乗った。所属セクション名は指で巧《たく》みに隠して見せなかった。

「代々木署の捜査本部に詰めてる刑事さんですね？」

「そうではないんですよ。特別任務の指令を受けた本庁の支援要員なんです。これまでの捜査の流れは頭に入っています」

「そうですか。もう事件が起こってから丸一カ月が経《た》ちましたけど、まだ重要参考人は捜査線上に浮かんでいないそうですね」

「そうなんですよ。何か手抜かりがあったのかもしれないので、再聞き込みをさせてもらっているわけです。ご協力願えますか？」

「ええ、もちろん。死んだ夫とは数年前から気持ちが寄り添わなくなっていましたけれど、息子の父親ですので、早く犯人を見つけてほしいと思っています」

瑞穂は時任を玄関に請《しょう》じ入れた。ドアが閉まると早速、時任は確かめた。

「離婚を前提に別居されたのは五カ月ほど前でしたか」

「ええ、そうです。結婚して間もないころから、深沢は浮気を重ねてました。何かで成功した男性の多くはたいがい女性好きですので、わたし、大目に見てたんですよ」

「大人なんですね」

「夫は事業を成功させて、経済的には豊かな暮らしをさせてくれました。ですので、浮気ぐらいは許容範囲だろうと思っていたの。子供もできたことだし、できるだけ夫婦でいようと考えてたんですけどね」

「離婚する気になったのは、なぜなんです？」

「深沢はわたしと結婚するとき、前科があることを隠してたんですよ。その後も、ずっとね。わたし、ひとり息子の雄太を溺愛《できあい》してるの。雄太の父親に犯罪歴があると知ったときは絶望的な気持ちになりました。前科者の父を持った息子が不憫《ふびん》に思えて、母子心中を図ろうとも思い詰めました」

「そういう考え方は親のエゴイズムではないでしょうか」

「冷静になって、そうだと気づきました。だから、無理心中はしなかったの。それにしても、入籍前にチェックできなかったのは残念です。もう少し慎重だったら、養子縁組で改名したことくらいはわかったはずですから」

「ご主人の旧姓は、田所さんでしたよね？」

「ええ、そうです。まさか改名してるとは……」

瑞穂が溜息《ためいき》をついた。

「ご主人と一緒に暮らしたくないと思われたのは、乱れた女性関係と前科のことに拘《こだわ》りを感じるようになったからなんですか？」

「その通りです。深沢はわたしと別れることにはあっさりと同意してくれましたけど、雄太の親権は絶対に譲らないと言い張りました」

「そうだったみたいですね。息子さんは、どちらの親と暮らしたがったんでしょう？」

「もちろん、母親のわたしを選んでくれましたよ。雄太にはたっぷり愛情を注いできたんです。当然の選択だと思うわ。深沢は、それが気に入らなかったのでしょうね。子供をわたしが引き取るなら、雄太の養育費は一円も払わないと言い張って家庭裁判所の調停委員を呆《あき》れさせたの。まるで駄々っ子みたいに喚《わめ》き散らしたんですよ。精神年齢が稚《おさな》かったんでしょうね」

「それはともかく、お子さんの親権を巡る話し合いがこじれたんで、あなたは実弟の井本健さんに夫を拉致監禁させて親権を棄《す》てろと威《おど》させたんですね？」

「監禁だなんてオーバーだわ。弟は深沢をウィークリーマンションに二日ほど閉じ込めたんですけど、椅子に縛りつけたわけじゃありません。二、三発殴ったみたいだけど、ものすごい恐怖を与えたりはしてないの。本当なんです。でも、深沢は家裁の人たちに殺されるかもしれないと幾度も思ったなんて大仰《おおぎょう》に言ったんですよ」

「そうだったんですか」

「弟は深沢の気持ちが変わらなかったので、三日目には解放しました。その程度の出来事だったんですよ」

「ストレートに言ってしまいましょう。捜査本部は一時期、あなた方姉弟《きょうだい》が共謀して犯罪のプロに深沢さんを片づけさせた疑いがあると推測してたんですよ」

時任は瑞穂の顔を見据《みす》えた。狼狽《ろうばい》の色は差さなかった。

「わたしも弟も、殺し屋なんて雇っていません。もしもそうだったら、もっとスマートな手口で深沢を永久に眠らせたと思います。ブロンズの壺で撲殺してから、切断した性器を口の中に突っ込むなんてことはしないはずだわ。そうでしょう？」

「ええ、多分ね」

「深沢の片方の太腿に、〝ヘンタイ〟とルージュで落書きされてたことを考えると、撲殺犯は女なんじゃない？　男性のシンボルを切り取ったのは、さんざん体を弄ばれた恨みがあったからなんでしょうね。深沢はただの女好きじゃないんです」

「サディストの傾向があったようですね？」

「そうなの。ノーマルなセックスでは満足できないんですよ。相手の体を嬲《なぶ》りに嬲って、変態的な体位《ラーゲ》を求めるんです。アナル・セックスもしたがりました。わたしは一度も許しませんでしたが、浮気相手には求めていたと思います」

「事件当夜、深沢さんは高級デリヘル嬢を自宅に呼んで麻縄で亀甲縛りにしてから、肛門《アヌス》を貫きました」

「その前にさまざまな性具を使って、相手に死にたくなるような恥ずかしい思いをさせたんでしょう。深沢は自分のおしっこを無理やり飲まそうとしたのかもしれません。彼は女性をとことん辱《はずかし》めることによって、歪《いびつ》な快楽を得たがるんです。異常性欲者ですね。まさに変態でしょう」

「妻だったあなたがそうおっしゃるなら、その通りなんだろうな」

「お尻を穢《けが》されたデリヘルの娘《こ》にはアリバイがあるとか？」

「ええ、そうなんですよ。その彼女は撲殺事件には関与してないようです」

「それじゃ、深沢に体を弄ばれた女性たちの中に犯人がいそうね」

「その可能性はゼロではないと思いますが、手口が何かわざとらしいというか、ミスリードを狙ってるように感じられませんか？」

「たとえば、どんな点が作為《さくい》的なんです？」

瑞穂が問いかけてきた。

「口紅で〝ヘンタイ〟と被害者の太腿に落書きしたのは、女性の犯行だとアピールしたかったのではないかと勘繰《かんぐ》れませんか？　事件現場に口紅は遺《のこ》されていませんでしたが、捜査の目を逸《そ》らす目的の落書きだったのではないかと思えてしまう」

「言われてみれば、そんなふうにも受け取れますね」

「そうでしょう？　女性の仕業《しわざ》に見せかけた男の犯行だったのかもしれません」

「ああ、そうね。代々木署の刑事さんから聞いたんですけど、十二年前の秋に深沢がレイプしかけたOLは婚約を破棄されたことを苦にして服毒自殺をしたとか？」

「その話は事実です。その女性の実の兄が深沢さんが仮出所した日、妹の仕返しをしたんです。深沢さんに全治二週間の怪我を負わせたんですよ」

「深沢は被害届を出さなかったそうね？」

「ええ。加害者の妹を犯そうとしたことで後ろめたさを感じてたんで、傷害事件にしたくなかったんだろうな」

「そうなんでしょうか。深沢は事件のことが報道されたら、養子縁組で苗字を変えにくくなると考えて被害届を出さなかったのかもしれないわね」

「そういうことだったんだろうか。深沢さんを養子に迎えた養父母のことは生前、聞いたことがありますか？」

時任は訊いた。

「一度だけ深沢に訊いたことがあるんですけど、多くを語りたがりませんでしたね。しつこく質問を重ねようとしたら、すごく機嫌が悪くなったの。だから、それ以上は……」

「そうですか。これまでの捜査で明らかになったことなんですが、ご主人の父親が息子が世間から白い目で見られるのはかわいそうだと考え、間接的な知り合いの深沢千代吉《ちよきち》・登紀子《ときこ》夫妻に二百万円払って養子縁組をさせてもらったんだそうです」

「深沢は養父母と一緒に暮らした時期があるんでしょうか？」

「ご主人は深沢夫妻と四、五回会食したことがあるようですが、一日も同居したことはなかったそうですよ」

「そうですか。養父母は謝礼を貰って単に戸籍を貸しただけなんでしょうね」

「そう考えてもいいんでしょう。横須賀で暮らしてる故人の実の両親の田所和夫《かずお》・寿美《すみ》さんとはつき合いがあったんですか？」

「夫は実家に寄りつきませんでしたし、両親も息子一家に近づくこともなかったですね。前科者とつき合っても、何もいいことがないと考えて疎遠《そえん》になったんでしょう」

「そうなのかな。ご主人は出所してから職を転々としてましたよね。立ち喰いイタリアンレストランの一号店は新橋にオープンしていますが、事業資金はどう調達したんでしょう？」

「あちこちから借金して、なんとか一号店を出したと言っていました。ニーズに合った新スタイルの飲食店が受けて、驚異的なスピードで次々にチェーン展開できるようになったんですよ。深沢は強運の持ち主だったんだと思うわ」

「ええ、そうなんでしょうね」

「話を戻しますけど、深沢に犯されかけたＯＬのお兄さんは妹を自殺に追い込んだレイプ未遂犯が事業家として脚光を浴びていることを不愉快に感じてて、妹の報復をしたいと思ったとは考えられませんか？」

瑞穂が言った。

「レイプ未遂事件が起こったのは十二年前の秋なんです。妹を自殺に追い込んだ深沢さんのことはずっと憎んでたと思いますよ、実の兄貴なんですからね。しかし、そんなに長く憎しみを懐《いだ》きつづけられるかな」

「その彼は執念深い性格なんでしょう。深沢が三年余の服役生活を終えて仮出所した日に、妹の仇《かたき》に暴力を振るってるんですから」

「そうか、確かに執念深いんだろうな」

「それから十年近く経って夫は先月の上旬、誰かに撲殺されました。その間、深沢はニュービジネスの先駆者としてグルメ雑誌や週刊誌に取り上げられました。レイプ未遂犯が成功者面《づら》してるのを見て、十二年前の事件のことが頭に蘇《よみがえ》り、被害者の実兄は……」

「あなたの夫に対する憎しみと怒りがぶり返したんだろうか。しかし、その彼には事件当夜、アリバイがあるんですよ」

「そう。なら、夫殺しには絡んでいないでしょうね」

「念のため、その人物にも探《さぐ》りを入れてみますよ。ところで、『フェニックス・コーポレーション』の経営は奥さんが引き継《つ》がれるという情報が耳に入っています。それは事実なんですか？」

「ええ、そうするつもりです。実務は現専務の尾形さんにお任せすることになると思いますが、夫の右腕だった方ですから全面的に信頼できるでしょう。尾形さんを副社長に昇格させて、二人で『フェニックス・コーポレーション』を守《も》り立てていきたいと考えているんです」

「そうですか」

「それで息子が社会人に成長したら、会社を引き継がせたいの。夫には愛想が尽きてましたが、雄太はかけがえのない存在です。だから、いずれは息子に会社の経営を任せたいんですよ。尾形さんがわたしをサポートしてくれれば、『フェニックス・コーポレーション』は二十年後も生き残っていると思います」

「頑張ってください。ご協力、ありがとうございました」

時任は訊き込みを切り上げ、エルグランドに足を向けた。どこかで昼食を摂《と》ったら、新見敏に会ってみるつもりだ。

4

店の看板は外されていた。

十カ月前まで営業していたペットショップ『ジョイフル』だ。住居付き店舗は世田谷区《せたがや》桜新町《さくらしんまち》にある。玉川《たまがわ》通りから一本奥に入った通りに面していた。

時任は、エルグランドを廃業したペットショップの前に停めた。

午後一時半近い時刻だった。深沢宅を辞去してからファミリーレストランでハンバーグライスを食べ、新見敏の自宅に来たのである。

捜査資料によると、新見は『ジョイフル』を畳んでから犬の調教を個人的に請け負って細々と暮らしているようだ。犬の散歩の代行もしているらしい。四十歳だが、まだ独身だ。元ペットショップのシャッターは下《お》りている。新見は依頼人宅に出かけて、犬の調教に励んでいるのか。

時任は車を降り、シャッターを叩いてみた。

ややあって、店の奥で応答があった。男の声だった。どうやら新見敏は在宅しているようだ。

少し待つと、潜《くぐ》り戸が開けられた。姿を見せたのは新見だった。捜査資料の顔写真よりも幾分、やつれていた。

「どなたですか？」

「警視庁の者です」

時任は警察手帳を短く見せ、来意を告げた。

「わたしは、まだ疑われてるんですか⁉」

「そういうわけではないんですよ。捜査本部は二月目《ふたつきめ》に入っても容疑者を特定できていないんで、支援要員のこちらが振り出しに戻って改めて聞き込みをさせてもらってるんです」

「そうなんですか。店先で立ち話もなんですから、どうぞ中に入ってください」

新見が潜り戸を大きく押し開け、先に店の中に入った。

時任はそれに倣《なら》った。空《から》の函《ケージ》が積み上げられていたが、犬、猫、鳥は入れられていない。首輪やペットフードも目に留《と》まらなかった。動物臭がかすかにする。

店の奥に小さな事務室があった。机とコンパクトなソファセットが置かれている。

二人はコーヒーテーブルを挟んで向かい合った。

「幼いころから動物や鳥類が好きだったので、脱サラしてペットショップのオーナーになったんですよ。ずっと経営は順調だったんですが、悪質なブリーダーに騙《だま》されて股関節《こかんせつ》に先天性疾患のある大型犬の赤ん坊を大量に仕入れて売ってしまったんです。それで客の信用を失い、廃業に追い込まれたんですよ」

新見がうなだれた。

「残念ですね。店を畳まれた理由は、捜査資料で知りました」

「そうですか。もっと利益率を上げて支店を出したいという野望があったから、悪質なブリーダーに引っかかってしまったんでしょう。自業自得なんですが、諦《あきら》めがつかないんですよ」

「それで、各種のケージは処分してないんですね？」

「そうなんです。欠陥のないペットは同業者に引き取ってもらいましたが、売れない大型犬の幼犬は殺処分《さつしょぶん》せざるを得ませんでした。その数は少なくなかったんです。本当にかわいそうなことをしました」

「仕方なかったんでしょうがね。いつかまたペットショップを経営する気なんでしょ？」

時任は訊いた。

「できれば、そうしたいですね。ですが、欠陥のある幼犬を大量に売ってしまいましたので、『ジョイフル』の店名ではもう商売はできないでしょう。それにドッグ・トレーナーの収入はあまり多くないんですよ。便利屋みたいに犬の散歩代行まで引き受けてるんですが、かつかつの生活ですね」

「この住居付きの店舗は借りてるんでしょう？」

「ええ。ワンルームマンションにでも引っ越せば、家賃の負担は半分で済むでしょう。しかし、ここを引き払ったら、残夢が消えてしまいそうなんで、なかなか踏ん切りがつかないんです」

「そうでしょうね。新見さんに幾つか確認させてほしいことがあります。十月七日に撲殺された深沢耕平さんが仮出所した日、あなたは妹さんを辱めようとした男を殴打して全治二週間の怪我を負わせましたね？」

「それは間違いありません。妹の香織はレイプされかけたけど、必死に逃げたんです。被害に遭《あ》ったことを誰にも言わなければ、妹は自殺なんかしなかったでしょう」

「妹さんはまっすぐな方だったんだろうな」

「ええ、香織は嘘をつけない人間でした。だから、事件のことを家族、婚約者、警察に話したんです。それによって、加害者は逮捕されて服役することになりました」

「当然ですよ」

「事件のことで、妹は婚約を破棄されてしまいました。婚約者は香織にも隙《すき》があったと思ったのでしょう。香織は相手にそんなふうに見られてることにとてもショックを受けて何日も塞《ふさ》ぎ込んで、結局、ネットで手に入れた砒素《ひそ》を呷《あお》って……」

「辛《つら》いことを思い出させてしまいました。あなたが深沢耕平を憎む気持ちはよくわかります。二人きりの兄妹《きょうだい》だったわけですから」

「田所が仮出所した日、実はポケットにナイフを忍ばせていました。獣《けだもの》みたいな奴を殺そうと思ってたんです。でも、あいつを殴打してるうちに殺すだけの価値もないクズだと考えるようになりました。それだから、少し痛めつけただけで引き揚げたんです」

「そうだったんですか」

「田所、いや、改姓したんで深沢でしたね。あいつが先月の七日に自宅で何者かに撲殺されたことを報道で知って、思わずわたしは口笛を吹いてしまいました。ざまあみろという気持ちでしたね」

新見がほくそ笑《え》んだ。

「妹さんを死に追い込んだのは深沢耕平なんですから、そういう気持ちにもなるでしょう」

「あの男が死んだことを喜びましたが、わたしは犯人じゃありませんよ。事件当夜は三軒茶屋の『アクエリアス』というスナックで、午後八時過ぎから午前零時ごろまで飲んでいました」

「そのアリバイの裏付《ウラ》けは取れていますので、あなたが犯人だとは思っていません。被害者は女好きで、たくさんの独身女性の体を弄んでいたことが捜査本部の調べで明らかになりました。性的暴行を受けた女性のうちの誰かが第三者に深沢を殺《や》らせた疑いもゼロではありません。ですので、捜査本部は被害者と関わりのあった女性たちをすべて洗ったんですよ。しかし、疑わしい人物はいなかった」

「そうですか。実はわたし、深沢の私生活を調べたことがあるんです」

「なぜ、そのようなことをされたのかな」

時任は素朴な疑問を口にした。

「性犯罪者の深沢は姓を変え、立ち喰いイタリアンレストランをチェーン展開してることで数年前から週刊誌やグルメ雑誌で飲食業界のパイオニアみたいな取り上げ方をされるようになりましたでしょ？」

「そうみたいですね、捜査資料を読むまではそのことを知らなかったんですが……」

「妹の場合は未遂でしたが、深沢は性犯罪で歪んだ性的な快感を得てたんでしょう。そうなら、何人かの女性を犯してるにちがいないと思ったんですよ」

「なるほど」

「レイプは親告罪ですが、被害者女性が警察に訴えるケースは多くはないんではありませんか。恥ずかしいでしょうし、イメージダウンになりますでしょ？」

「そうでしょうね」

「だから、深沢はレイプ（現・不同意性交等）容疑で逮捕されなかったんじゃないかな。被害者の証言を得れば、深沢は『フェニックス・コーポレーション』の社長のポストを失って、ふたたび刑務所暮らしをすることになるはずです」

「新見さんは深沢耕平を破滅させたくて、深沢の性犯罪の証拠集めをするようになったわけか。それはいつからなんです？」

「一年数カ月前からです」

「そのころ、あなたのペットショップは大変だったんじゃないですか？」

「ええ、そうですね。客の信用を失《な》くしたんで、そのうち店は潰《つぶ》れるかもしれないと思ってたころです。先のことを考えると、頭がおかしくなりそうでした。だから、現実とあまり向き合いたくなかったんですよ」

「気持ちを別のところに向けたかった？」

「そうです、そうです」

新見が二度うなずいた。

「で、深沢の周辺の人間に探《さぐ》りを入れてみたんですか？」

「ええ、調査会社の人間に化けてね。会社に不満を持ってる社員や深沢の行きつけの飲食店従業員たちに当たると、『フェニックス・コーポレーション』の社長は二、三十代の独身女性を結婚を餌にして口説《くど》いて、体を弄《もてあそ》んでいたことがわかりました」

「その中にレイプされた女性は？」

「そういう被害者はいなかったようです。ですが、結婚話で二年半も引きずられてた女性は、深沢の子供を二度も中絶させられてたんですよ。その揚句、その彼女は深沢に妻子がいると打ち明けられたんです。ひどい話でしょ？」

「そうですね。その女性のことを詳しく教えてもらえますか」

「はい、松浦明美《まつうらあけみ》という名前で、二十八歳です。元ファッションモデルで、現代的な美人ですね」

「そうですか。その彼女の住まいまで調べたのかな？」

「ええ、調べました。新宿区坂町《さかまち》にある『市ケ谷《いちがや》ワイズコーポラス』の六〇五号室です。明美さんは友人が経営している神宮前《じんぐうまえ》のブティックを手伝っています」

「ブティックの名は？」

「えーと、『サニー』です。表参道《おもてさんどう》ヒルズの斜め裏に店はあります」

「新見さんは、その松浦明美さんに会ったんですか？」

「ええ、この店を畳む四カ月ほど前に会いました。週刊誌の記者を装って、深沢との関わりについて喋《しゃべ》ってもらったんですよ。明美さんは深沢にうまく遊ばれてたことに腹を立てていました」

「そうでしょうね。で、それなりの報復をしたんだろうか」

時任は呟《つぶや》いた。

「明美さんの母親の従兄《いとこ》である内藤玲児《ないとうれいじ》は、経済やくざらしいんですよ。五十七、八だそうです。明美さんは深沢を懲《こ》らしめたいんで、経済やくざを代理人にして『フェニックス・コーポレーション』の本社に乗り込ませたようです」

「手切れ金を出させる気になったんだろうな」

「わたしもそう思ったんですが、まとまった金を要求すると、恐喝罪になりかねないですから……」

「明美さんは自分を『フェニックス・コーポレーション』の非常勤役員にしろとでも内藤に言わせたんじゃないんですか？」

「さすが刑事さんだな。明美さんは自分を社外役員にして月に百五十万円の報酬を向こう十年間払えと内藤に伝えてもらったそうです」

「深沢の反応はどうだったんだろうか？」

「代理人の提案をきっぱりと拒絶して、深沢は明美さんに手切れ金を払う気はまったくないと言い放ったそうです」

「経済やくざはおとなしく引き下がったわけじゃないんでしょ？」

「ええ。内藤は明美さんをセックスペットとしてサディスティックに嬲《なぶ》ってたことを深沢の妻にバラすと脅迫したり、自分は大親分に目をかけられてるとか凄《すご》んだらしいんですよ。それでも、深沢は少しも怯《ひる》まなかったようです」

「経済やくざも形なしだな。面子《メンツ》丸潰れじゃないですか」

「そうですね。いったん退散した内藤は明美さんに、『フェニックス・コーポレーション』の企業不正を握って会社を乗っ取ってやると息巻いてたらしいですよ」

「その後のことは？」

「わたしが知ってるのは、そこまでです」

「そうですか。内藤は『フェニックス・コーポレーション』の大口脱税の証拠か深沢社長のスキャンダルでも摑んで、すぐに威《おど》したんでしょうね。しかし、『フェニックス・コーポレーション』は脅迫を撥《は》ねのけたんだろうな」

「そうなんでしょう。殺害されるまで、深沢耕平は社長を務めてました。内藤玲児に経営権を奪われてはいないはずですよ」

新見が言った。

「そうでしょう」

「内藤玲児は松浦明美ともども深沢に軽くあしらわれたことになります。経済やくざが深沢を殺す気になっても、不思議じゃない気がしますね。武闘派やくざではなくても、アウトローたちは堅気になめられると逆上するでしょ？」

「そういう傾向はありますね。新見さんは、内藤玲児にも会ってるんですか？」

「いいえ、明美さんから内藤のことを教えてもらっただけです。新橋あたりに事務所を構えてるようですが、自宅がどこにあるのかはわかりません。明美さんも、そこまでは教えてくれなかったんですよ。でも、深沢のことは記事で徹底的に叩いてほしいと何度も言ってました。よっぽど腹を立ててるんでしょう」

「そうなんだろうな」

「ひょっとしたら明美さんが深沢宅の裏庭に忍び込んで、憎んでいた深沢を撲殺して鋏《はさみ》か何かでペニスを切断し、それを口の中に突っ込んで被害者宅の裏の家の庭を通り抜け……」

「そうだったとしたら、何か後足《あとあし》が遺《のこ》ってるはずですよ」

「後足というのは？」

「あっ、ごめんなさい。後足というのは警察用語で、犯人の逃走経路に関する情報、犯行後の足取りのことです」

「いまの説明で、わかりました。明美さんが深沢の自宅に侵入した痕跡《こんせき》がなかったとしても、被害者の片方の太腿には〝ヘンタイ〟という落書きが口紅で記《しる》してあったそうじゃないですか。全国紙やテレビニュースではそのことは報じられませんでしたが、男性週刊誌にはちゃんと記事にされてましたよ」

「そうでしたかね」

「男性のシンボルが切断されて、口紅で深沢の太腿に落書きされてたんです。犯人は女と見てもいいんではありませんか？」

「そういう推測もできるでしょうが、口紅による落書きは作為的な気がしませんか？　ヘンタイと記したのも、なんとなく裏があるようにも受け取れるんですよね」

時任は引っかかっている点を挙《あ》げた。

「刑事さんにそう言われると、犯行の手口に何か不自然さを感じてきました。内藤が女性の仕業に見せかけて、深沢の頭を青銅の壺で何度もぶっ叩いて殺害したんだろうか。そして、切り取った性器を口の中に突っ込んで逃走したんでしょうかね。そんなふうにも疑えるでしょ？　明美さんと内藤の二人は深沢を脅迫しても、まったく相手にされなかったようですので。明美さんはともかく、経済やくざのほうは深沢に殺意を懐《いだ》きそうだな」

「そう筋を読むこともできなくはありませんが、ちょっと強引でしょ？　状況証拠だけで、何も物証はないんですから」

「ええ、そうですね。門外漢のわたしが口幅ったいことを言ってしまって、すみません。ただ、素人なりに経済やくざの内藤がなんとなく怪しく思えたんで、余計なことを口走っちゃったんです。刑事さん、聞き流してくださいね」

「あなたの推測に引っ張られたわけではありませんが、一応、明美さんと内藤玲児の動きを探ってみますよ」

「そうですか。妹の件で田所、いえ、深沢のことは殺してやりたいと思ってましたが、法治国家で殺人は許されることではありません。早く犯人がわかるといいですね。もう間もなく犬の躾《しつけ》の訓練で、依頼人のお宅に伺《うかが》わなければならないんですよ」

新見が言いづらそうに言って、腕時計に目をやった。

それを汐《しお》に時任は暇《いとま》を告げた。事務室を出て、そのままシャッターの潜り戸を抜ける。

時任はエルグランドの運転席に腰を沈めた。

エンジンを始動させたとき、懐で私物のスマートフォンが震動した。特別任務中は、常にマナーモードにしてあった。

時任はスマートフォンを掴《つか》み出し、ディスプレイを見た。発信者は犯罪ジャーナリストの寺尾理沙だった。

「時任さん、何か書く種《ネタ》はない？」

「スクープになるような事件《ヤマ》はないな。伯父さんの剣持《けんもち》組の組長に当たってみたのか？」

時任は訊いた。

「伯父にはほぼ一日置きに電話をしてるんだけど、面白そうな話はないの。で、時任さんに電話してみたのよ」

「原稿の依頼が少なくなってるのか？　金に詰まってるんだったら、十万でも二十万でも回してやるよ」

「ご心配なく。それなりに稼いでるんで、飢え死にするようなことはないわ。書く材料はできるだけ多く仕込んでおきたいのよ」

「そういうことか」

「品田のお父さんを誘って、今夜あたり久しぶりに飲まない？　前回の特命を落着させて三人でお酒を酌《く》み交わしたのは、かれこれ四週間ぐらい前でしょ？」

理沙が確かめた。

「そうだったな」

「歌舞伎町にリーズナブルな活魚料理の店を見つけたのよ。時任さんも品田のお父さんも気に入ると思うわ。昭和レトロの雰囲気が漂ってるの。おじさんたちには落ち着ける店なんじゃないかな」

「おれたちを年寄り扱いしやがって」

「そんなことより、都合はどう？」

「昨夜《ゆうべ》、密行捜査の指令が下ったんだよ」

時任は捜査本部事件の内容を話した。

「その猟奇殺人っぽい事件には、わたし、興味を持ってたの。仕事の種《ネタ》にもなりそうだから、張り切って時任さんの手伝いをするわ」

「本業を疎《おろそ》かにしないでくれよ。おまえさんに渡せる謝礼は、そう多くはないんだからさ」

「わたし、情報料を貰う気なんかないわ。品田のお父さんも同じだと思う。どちらも自分から進んで時任さんに協力してるんだから、謝礼なんか本当にいらないのよ。もう捜査協力費は貰わないことにする。ね、そうして」

理沙が言った。

「そういうわけにはいかないよ。ちゃんと一回につき百万の捜査費が出てるんだから、おまえさんと品田のおやっさんに五万や十万の謝礼を渡さなきゃ、罰《ばち》が当たる。それに、強欲と思われるのもちょっとな」

「強欲？　ということは、余った捜査費は時任さんがそっくり懐に入れてたわけか」

「残った金をそっくりネコババしたことなんか一度もない。いくら領収証は必要ないって言われてるからって、残りの数十万円を着服なんかしないよ。端数は理事官に返さないこともあるがな」

「そのぐらいは役得なんじゃない？　声をかけてくれれば、いつでも動くわ」

「そのうち力を借りることになるかもしれない。その節はよろしくな」

時任は電話を切り、シフトレバーをＤ《ドライブ》レンジに入れた。

第二章　弄《もてあそ》ばれた美女

1

ブティックの前面はガラス張りだった。

店内には三人の客がいる。『サニー』だ。オーナーと松浦明美と思われる女性が接客中だった。

時任はすぐ店を出て、近くの路上に駐《と》めてあるエルグランドの中に戻った。セブンスターを喫いながら、時間を遣《や》り過ごす。

数十分待つと、三人の客が相次いで表に出てきた。

時任は車を降りようとした。そのとき、二人連れの新たな女性客が『サニー』に入っていった。その後も、入れ代わり立ち代わりに来店する者が途切れなかった。

店から客の姿が消えたのは、午後四時数分前だった。

時任はエルグランドの運転席を離れ、大股《おおまた》で『サニー』まで歩いた。店内に足を踏み入れると、三十二、三歳の女性がにこやかに近づいてきた。

「いらっしゃいませ。何をお探しでしょう？」

「客じゃないんだ。警視庁の者なんですよ。あなたが、この店のオーナーなのかな？」

「はい、そうです。間宮佳奈《まみやかな》といいます」

「ということは、そちらにいる方が松浦明美さんですね？」

時任は、プロポーションのいい美女に目を向けた。

「わたしが松浦ですけど、別に悪いことなんかしてませんよ」

「時任といいます。先月の七日に殺害された深沢耕平さんのことで、ちょっとうかがいたいことがあるんですよ」

「えっ⁉」

松浦明美は驚きを隠さなかった。

時任は店のオーナーに断って、明美を外に連れ出した。先にエルグランドの後部座席に明美を座らせ、その横に腰かける。

「深沢さんとつき合っていたことは、代々木署の刑事さんにちゃんと話しましたよ。警視庁の捜査一課の方にも、事件当夜のことを訊かれました。深沢さんが亡くなった夜、わたしは『サニー』のオーナーの佳奈さんの代官山《だいかんやま》のマンションにいました。佳奈さんは同じモデルクラブの先輩で、昔から仲が良かったんですよ」

「そのことはわかっています。ただ、ちょっと気になる新情報が入ったので、再聞き込みをさせてもらうことになったわけです」

「新情報というのは？」

「あなたは深沢さんの子を二度ばかり中絶してますね？」

「だ、誰から聞いたんですか⁉」

「情報源は明かせません。でも、そのことは事実なんでしょ？」

「ええ。深沢さんは身勝手な性格で、危ない時期でもバースコントロールに協力してくれなかったんですよ。だから、二度も妊娠しちゃったの」

「故人とは何がきっかけで交際するようになったんです？」

「二年ぐらい前に深沢さんがモデル事務所を訪れて、わたしを『フェニックス・コーポレーション』のイメージガールに起用したいと言ってくれたんです。所属モデルのプロモーションビデオを観《み》て、わたしを気に入ってくれたみたいなんですよ」

「で、イメージガールに起用されたんですね？」

「いいえ、その話は嘘だったんです。カメラテストをしたいというんで、わたし、深沢さんが指定したシティホテルの部屋に行ったんですよ。だけど、部屋にはカメラマンはいませんでした」

「深沢さんだけしかいなかった？」

「そうなんです。彼はわたしの首筋に高圧電流銃《スタンガン》を押しつけて、模造手錠を掛けると、口許には粘着テープを……」

明美が言い澱《よど》んだ。

「体を穢《けが》されたんだね？」

「はい。彼はまだ独身だから、わたしを社長夫人にしてあげると騙しつづけたんです。あの男には妻子がいたんですよ」

「きみは、結婚を餌にした故人に何か仕返しをする気になったんじゃないのか？」

「いいように遊ばれてたことがわかったんで、それは頭にきましたよ」

「だから、母親の従兄の内藤玲児さんを代理人に立てて自分を『フェニックス・コーポレーション』の社外役員にして月に百五十万円の役員報酬を払えと要求したわけか」

「そ、そんなことまで知ってるの!?」

「どうなんです？」

「ええ、その通りよ。わたしは長いことＳＭプレイの相手をさせられたんです。マゾっ気なんかないのに、恥辱的な行為に耐えつづけてきました。そのぐらいのお金は貰ってもいいと思ったんですよ、一種の詫び料としてね」

「愛人手当はくれなかったの？」

「マンションの家賃を肩代わりしてくれて、気が向いたときに十万とか二十万程度の小遣いはくれました。だけど、手当なんか貰っていませんでした」

「そう。故人から離れることもできたと思うんだが、なぜ別れなかったのかな？」

時任は訊いた。

「彼はちょくちょく変態的なプレイを動画撮影して、保存してたんですよ。それをネットに流されるかもしれないんで、言いなりになるほかなかったの」

「そんな目に遭《あ》ってきたんじゃ、まとまった手切れ金を深沢耕平に出させようという気にもなるだろうな。内藤さんに頼んで、きみは深沢から手切れ金を取る気だったんだね」

「わたし、そんなことは母の従兄に頼んでいません」

「正直になってくれないか。こっちは確かな情報を握っているんだよ」

「す、すみません。役員になるのが無理なら最低二千万円の手切れ金を出せと母の従兄に言ってもらいました。だけど、深沢は一円も出す気はないと開き直ったそうです。それから、手切れ金を要求しつづける気なら、撮影した淫《みだ》らな動画をアダルト系のサイトに流すと……」

「内藤さんは、いわゆる経済やくざだ。そのまま引き下がるとは考えにくいな。『フェニックス・コーポレーション』を乗っ取る気になったのかもしれないね」

「深沢の会社の不正や役員たちのスキャンダルの証拠を押さえて、持ち株を手に入れると母の従兄は言ってましたけど、その後のことは知りません。わたし、本当に知らないんですよ」

明美が訴えるような口調で言った。新見敏から得た情報は、ほぼ事実なのだろう。

「内藤さんが『フェニックス・コーポレーション』の経営権を握ることができなかったら、堅気の事業家に負けたと言えるんじゃないか。アウトローとしては、カッコ悪いだろうな」

「待ってください。母の従兄は素《す》っ堅気《かたぎ》じゃありませんけど、凶悪なギャングというわけではないんです。深沢殺しには絡んでいないと思います」

「そうかな。内藤玲児さんはどこかに事務所を構えてるんだろう？」

「ええ。西新橋《にししんばし》二丁目の東和《とうわ》ビルの三階にオフィスを持ってます。『内藤エンタープライズ』というプレートが出てますよ」

「自宅はどこにあるのかな？」

「品川《しながわ》区の南大井《みなみおおい》に住んでいます。奥さんと五歳の娘と戸建て住宅で暮らしてるの」

「裏社会の連中とも繋《つな》がりがあるね？」

「そのへんのことはよくわかりませんけど、会社整理を主なビジネスにしているみたいですね。それだから、その筋の人たちを用心棒にしてるんでしょう」

「だろうな。内藤さんを強く怪しんでるわけではないが、再聞き込みにきた捜査員がいることは黙っててほしいんだ。もし事件に関与してたら、逃げられる恐れがあるんで」

「わかりました」

「仕事の邪魔をして悪かったね」

時任は先に車を降りて、ドアを一杯に開いた。明美がエルグランドから出て、急ぎ足でブティックに向かった。

時任は運転席に乗り込んだ。

内藤玲児が明美の代理人として深沢を脅迫したことは間違いなさそうだが、相手はまともな市民ではない。鎌をかけてみても、すんなり恐喝の事実を認めるとは思えなかった。

『フェニックス・コーポレーション』の本社は、近くの南青山三丁目にある。時任は先に尾形専務に会うことにした。

エルグランドを走らせ、深沢の会社に向かう。十分足らずで目的地に着いた。時任は車を路肩に寄せ、本社ビルの一階ロビーに入った。

左手に受付カウンターがあった。二十代前半と思われる受付嬢が座っていた。

時任は素姓を明かし、尾形専務との面会を申し入れた。受付嬢がすぐに内線電話の受話器を摑み上げる。

遣《や》り取《と》りは短かった。受付嬢が電話を切る。

「お目にかかるそうです。七階の専務室でお待ちしているとのことでした」

「そうですか。ありがとう」

時任は受付嬢に謝意を表し、エレベーターホールに急いだ。七階に上がる。

専務室はエレベーターホールの右手にあった。時任はドア越しに名乗ってから、専務室に入った。尾形は応接セットの脇に立っていた。

時任は尾形と自己紹介し合ってから、ソファに座った。向かい合う形だった。

「コーヒーがよろしいですか。それとも、緑茶のほうがお好きでしょうか？」

「どうかお構いなく。捜査が難航してて、深沢社長を撲殺した犯人に目星がついてないんですよ。それで、こちらが支援に駆り出されたんです。これまでの聞き込みと同じ質問をさせてもらうかもしれませんが、ひとつよろしくお願いします」

「わかりました。全面的に協力させてもらいます。社長はわたしよりも年下でしたが、その経営手腕には敬意を払っていました。非の打ちどころがなかったわけではありませんでしたが……」

「被害者は女好きだったようですね。尾形さんは故人が十二年前の秋に強姦（現・不同意性交）未遂で逮捕されて、三年数カ月あまり服役したことはご存じでした？」

「一年半ほど前に社長から打ち明けられました。びっくりしましたが、若気《わかげ》の至《いた》りだったんでしょうね。十八、九から二十代半《なか》ばまで男の性衝動《リビドー》は烈《はげ》しいからな。もちろん、レイプはいけません。しかし、それほど強い性欲を覚えるものです」

「セックスしたくて仕方がない年頃ですんで、暴走してしまう奴もいるのでしょう。ですが、力ずくで女性を辱《はずかし》めるのはあまりに動物的、かつ犯罪的です」

「おっしゃる通りですね。社長が性的にノーマルでなかったことは問題です。レイプするときは同意のセックスの十倍も快感が深いと真顔《まがお》で言っていましたから、異常性欲者だったんだと思います。ですが、事業家としては優秀でした」

「そうでしょうが、亡くなり方はカッコよかったとは言えません。撲殺された後、切断された性器を口の中に突っ込まれてたんですから」

「ええ、みっともない最期でしたね。遣り手の経営者でしたが、人格者ではなかったということなんだろうな」

「そうだったんでしょうね」

「社長の片方の太腿には口紅で〝ヘンタイ〟と殴り書きもされていました。犯人は女性なんでしょうね。社長は、その彼女の自尊心をずたずたにするようなプレイを強《し》いていたのかもしれません。それとも、そのうち離婚して相手と再婚すると気を引いていたのでしょうかね。しかし、社長に奥さんと別れる気配がないんで、相手は裏切られたと感じて……」

「尾形さんは、女性の犯行だと思っているようですね？」

「えっ、違うんですか!? てっきりそう思っていましたが。ところで、わたしが遺体の第一発見者であることは当然、ご存じでしょう？」

尾形が問いかけてきた。

「もちろん、知っています。事件のあった翌朝、被害者宅に入ったんでしたね？」

「ええ。居間に入った瞬間、血の臭いでむせそうになりました。そのとき、かすかに馨《かぐわ》しい匂いがしたんです。香水かボディーローションの匂いかはわかりませんでしたけど」

「それで、加害者は女性ではないかと直感したみたいですね」

「ええ、そうなんですよ」

「手口に何か作為《さくい》が感じられませんか。犯人は殺害後に被害者のペニスを切り取って口の中に押し入れ、太腿に口紅で〝ヘンタイ〟と落書きしています。その上、事件現場に残り香が漂っていたとなると、やっぱり何かわざとらしさを感じてしまうな」

「刑事さんは、犯人は男で女の犯行に見せかけたのではないかとお考えなんですね？」

「確証はありませんが、個人的にはそう推測しています」

「なるほど、そうとも考えられますよね」

「それはそうと、尾形さんは被害者が元モデルの松浦明美と親密な関係にあったことは知っていましたでしょ？」

「その女性とお目にかかったことはありませんが、社長から話は聞いておりました。スタイルがよくて、個性的な美人だとか」

「被害者は松浦明美さんを二度孕《はら》ませて、中絶させたんですよ。松浦さんは社長が独身だと偽ったことを見抜けなくて、長いことＳＭプレイの相手をさせられてたようなんです」

「本当ですか⁉」

「だから、松浦さんは母親の従兄である内藤玲児さんを代理人に立てて、自分を『フェニックス・コーポレーション』の社外役員にして月々百五十万の報酬を払えと被害者に言ったらしいんです。だが、深沢さんはそれに応じようとしなかった。二千万円の手切れ金も払う気はないと拒絶したそうですよ。そのことは、故人から聞いていました？」

　時任は訊いた。

「断片的な話は聞いていましたが、具体的なことまでは知りません。社長は元モデルの女性に月々の手当は渡してないが、自宅マンションの家賃を肩代わりして小遣いをちょくちょく与えてた。だから、手切れ金を払う気はないと洩《も》らしてたな。それで、松浦さんの代理人の内藤さんを怒らせてしまったとも言っていました」

「被害者は経済やくざに何かされると怯《おび》えていませんでしたか？」

「そういうことはありませんでしたけど、何者かが『フェニックス・コーポレーション』の大口株主から女性関係のスキャンダルを切札にして、持ち株を安く譲らせたという話を聞いて社長は苦《にが》りきっていました。わたし自身も、正体不明の男に何度か尾行されたことがありました」

「経済やくざの内藤さんは筆頭株主になるまで株を買い集めて、いずれ『フェニックス・コーポレーション』を乗っ取る気だったんだろうか」

「そんなことはできないはずです。小社の発行株の約六十三パーセントは深沢社長が所有していました。それは、社長夫人がそっくり相続することになっています。創業者の持ち株を手に入れるには、莫大《ばくだい》な資金が必要になります。とても個人では調達できないでしょう」

「ええ、そうでしょうね。内藤さんが大口株主から持ち株を手に入れたんだとしたら、深沢社長に相応のプレミアムを付けて所有株の引き取りを持ちかけたのかもしれませんよ」

「それは考えられますね。しかし、深沢社長はその話に応じなかった。そんなことで松浦明美さんの代理人は腹を立て、女の犯行に見せかけて社長を撲殺したんですかね？」

「さあ、どうなんでしょうか。話は変わりますが、被害者は別居中の瑞穂夫人とひとり息子の親権を巡って争っていました。尾形さんは、そのこともご存じでしょう？」

「ええ」

「話がこじれて瑞穂さんが実弟の井本健さんに義兄をウィークリーマンションの一室に監禁させ、二、三発殴ったことも知っています？」

「はい」

「社長夫人の弟のアリバイは立証されているので、実行犯ではないと思います。しかし、誰かに義兄を葬らせた疑いはゼロとは言えません」

「そうですが、奥さんの実弟はそんなことはしないと思います。ええ、考えられませんね」

尾形が言葉に力を込めた。

「常識的にはそう思うんですが、実は妙なことを小耳に挟んだんですよ」

「妙なことですか？」

「ええ。社長が亡くなったので、新社長には瑞穂夫人が就任されるそうじゃないですか」

「そうなるでしょうね。社長のご長男は、まだ七歳ですので」

「これまでは副社長のポストは設けられていなかったが、あなたが任に就かれるんでしょょう？　そして夫人の弟さんはデザイン事務所を畳《たた》んで、『フェニックス・コーポレーション』の専務になるという噂も耳に入っています」

「社長夫人はそうしたがっているようですが、株主総会で多くの支持を得られるかどうかわかりません」

「創業家が六十三パーセントの株を所有しているわけですから、夫人の提案はすんなり通るでしょう。瑞穂夫人は夫が急死したんで、子供の親権のことでもう揉めなくてもいいわけだ。これは冗談ですが、社長夫人が誰かに色目を使って旦那を永久に眠らせてもらったのかもしれないな」

「瑞穂さんはそんな悪女じゃありませんよ」

「あなたは、いつも社長夫人を下の名で呼んでいるんですか？　だとしたら、かなり親しくしてるんだろうな」

時任は際《きわ》どい賭けに出た。

尾形がうろたえ、わずかに顔を赤らめた。社長夫人とはまだ男女の関係にはなっていないようだが、その一歩手前まで進んでいるのではないか。そうだったら、尾形専務が何らかの方法で実行犯を見つけ出したとも疑える。

「社長の奥さんのことは、九年ぐらい前から知ってるんですっ。下の名前で呼んでも、別におかしくないでしょう！　下衆《げす》の勘繰《かんぐ》りはやめてほしいな」

「軽い冗談ですよ。だから、そんなにむきになって怒らないでほしいな。いろいろ参考になる話を聞かせてもらいました。ご協力に感謝します。これで失礼します」

時任はソファから腰を浮かせた。

2

エレベーターが停止した。

三階だった。西新橋二丁目にある東和ビルだ。

時任は函《ケージ》から出た。『内藤エンタープライズ』は、エレベーターの右側にあった。

経済やくざが自分の事務所にいるかどうかはわからない。不在なら、内藤の手下に探りを入れてみるつもりだ。

時任は『内藤エンタープライズ』に向かった。

数メートル歩いたとき、事務所から三十代前半の男が現われた。背広姿だが、どことなく崩れている。内藤の配下だろう。

「そっちは、内藤さんの下で働いてるのかな？」

時任は男に話しかけた。

「そうです。中杉《なかすぎ》っていいます。おたくさんは?」

「『飲食ジャーナル』の記者だよ。内藤さんが『フェニックス・コーポレーション』の株を買い集めてるって噂を聞いたんだが、どうなの?」

「少し株を取得したようですが、自分、詳しいことは知りません」

中杉と称した男が目を逸《そ》らした。何かを隠そうとしている顔つきだ。

時任は中杉の片腕を摑《つか》んで、通路の奥まで引っ張った。

「なんの真似なんです?」

「ちょっと取材に協力してくれよ」

「そう言われても、ボスは自分らに仕事のことを何もかも話してくれてるわけじゃないんです」

中杉が困惑顔になった。時任は三枚の万札を中杉に握らせた。金で情報を買うことも認められていた。

「三万ですか。額が中途半端ですね」

「しっかりしてるな。いくら欲しいんだ?」

「自分からは言いにくいな」

中杉が下卑《げび》た笑みを浮かべた。時任は万札を二枚追加した。

「使える情報《ネタ》だったら、もう少し色をつけてやるよ」

「そういうことなら、知ってることは話しちゃいます」

「内藤玲児さんは、『フェニックス・コーポレーション』を乗っ取る気でいるのか？」

「できれば、そうしたいんでしょうね。でも、筆頭株主になるには七、八十億円は用意しないと無理だと思います」

「だろうな」

「だから、ボスは大口株主から二万株ほど安く手に入れたんですよ」

「安く手に入れた？」

「ええ。その株主のドラ息子が飲酒運転で人身事故を起こしたんですが、替え玉を警察に出頭させたんです。その証拠を掴んで一株九百数十円で前後している『フェニックス・コーポレーション』の株を二万株、わずか十万円で買い叩いたんですよ」

「株価九百円としても、二万株なら総額で千八百万円だな。それをたったの十万円で手に入れた。二万株を脅し取ったも同然じゃないか」

「ええ、まあ」

「その大口株主の名前は？」

「立ち喰いイタリアンレストランに肉を卸してる『平生《へいせい》ミート』の子安武雄《こやすたけお》社長ですよ。六十二、三のおっさんだけど、精力絶倫みたいで三人の若い愛人を囲ってるみたいだな」

「食肉卸問屋の社長は息子の不祥事と自分の下半身スキャンダルを内藤さんに知られてしまったんで、所有してた二万株をわずか十万円で手放さざるを得なかったわけか。只《ただ》で株を脅し取ったわけじゃないが、恐喝罪は成立するだろう」

「そうでしょうね」

「内藤さんは取得した二万株にプレミアムを付けて、『フェニックス・コーポレーション』に買い取らせたんじゃないのか？」

「そうするつもりだったんでしょうね、うちのボスは。だけど、先方の深沢社長に断られたみたいですよ。『フェニックス・コーポレーション』の創業者は発行株の六十三パーセントも持ってたわけだから、うちのボスが二万株を取得したからって、どうってことはないでしょ？」

「そうだろうな。内藤玲児さんは、先月死んだ深沢社長に何か恨みがあって『フェニックス・コーポレーション』の株を買い漁《あさ》る気になったんだろうか。筆頭株主になることは無理でも、株をできるだけ多く買い集めて深沢社長に揺さぶりをかけたかったのかな？」

「そうなんだと思います」

中杉が答えた。

「二人の間に何か確執《かくしつ》があったんだろうか」

「ボスの従妹《いとこ》の娘が『フェニックス・コーポレーション』の社長に騙されて姦《や》られ、愛人にさせられてたみたいなんですよ。深沢社長は松浦明美という娘《こ》に自分は独身だと嘘をついて、長いことＳＭプレイの相手をさせてたようです」

「殺された深沢社長は結婚してたはずだな、八、九年前に」

「それなのに、深沢社長は松浦明美さんにいつか社長夫人にしてやるとか言ってたようですよ」

「内藤玲児さんは松浦さんが深沢社長に騙されたことに憤《いきどお》って、『フェニックス・コーポレーション』を乗っ取ろうと企《くわだ》てたんだろうな。しかし、筆頭株主になるだけの軍資金はなかった。だから、『平生ミート』の子安社長の持ち株のうちの二万株を十万円で譲り受け、プレミアムを付けて深沢社長に売りつけようとした」

「でも、社長は買い取りを拒否したんでしょう。そのうちボスは『平生ミート』の子安社長に二万株を買い戻させる気なんじゃないのかな」

「そうなのかもしれない。そうすれば、内藤さんは千八百万円以上は儲けられる」

「ですね」

「事務所に内藤玲児さんはいるんだろう？」

「ええ、います。少し前にボスが世話をしている小料理屋の女将が訪ねてきたんで、自分は早めに帰っていいことになったんですよ。女将がくると、ボスは必ず人払いします。自分も含めて社員は五人いるんですけど、いつも人払いされちゃうんですよ。ボスは社長室で愛人とナニしてるんじゃないのかな。そうじゃなければ、社員たちを早く帰らせる必要はないでしょ？」

「そうだろうね。いま事務所には、内藤玲児さんと小料理屋の女将しかいないのか？」

「ええ、そうです」

「その彼女の名前は？」

「小坂真衣《こさかまい》という名で、三十二歳だったかな。和風美人で、訪ねてくるときはきまって着物姿ですね」

「そう。ここで少し時間を潰してから、内藤さんに会いに行くよ」

「そうですか」

「もう行ってもいいよ。どこかで一杯飲《や》ってくれ」

時任は中杉の肩を叩いた。

中杉が軽く頭を下げ、エレベーターホールに足を向けた。時任は中杉が函《ケージ》に乗り込んでから、色の濃いサングラスで目許を隠した。強請屋《ゆすりや》を装って内藤玲児に揺さぶりをかける気になったのだ。

時任は『内藤エンタープライズ』に歩み寄り、そっとドアを開けた。事務フロアには五卓のスチールデスクが置かれていたが、誰もいなかった。

左手奥の社長室から、男の荒い息遣《づか》いと女のなまめかしい呻《うめ》き声が漏れてくる。どうやら内藤は、社長室で愛人と痴戯《ちぎ》に耽《ふけ》っているようだ。

時任は忍び足で社長室に向かった。歩きながら、上着のポケットから私物のスマートフォンを取り出す。

「もっと下から強く突き上げて」

女が切なげな声でせがんだ。すぐにソファの弾む音が響いてきた。

時任は足を止め、社長室のドア・ノブをそっと回した。

ドアを細く開けると、長椅子の上で交わっている男女の姿が目に飛び込んできた。長椅子に深く座った内藤は、両脚の上に和服の女を跨《また》がらせていた。

小坂真衣らしき女は着物の裾を孔雀《くじやく》の羽のように拡《ひろ》げている。白い尻は妖《あや》しくくねっていた。内藤は相手の衿元から零《こぼ》れた乳首を吸いながら、腰をリズミカルに突き上げている。

時任は秘めごとを動画撮影しはじめた。

行為に熱中している二人は、まったく時任に気づいていない。

「わたし、先に……」

「真衣、待て。一緒にこの世の極楽に行こうじゃないか」

「ごめんなさい。もう待てないわ。ううーっ」

真衣が内藤にしがみつき、全身を断続的に硬直させた。愉悦《ゆえつ》の声は長く尾を曳《ひ》いた。

内藤が真衣のヒップを揉みながら、上下に動きつづけた。それから間もなく、太い唸《うな》り声を発した。どうやら果てたようだ。

時任は社長室のドアを勢いよく開けた。

真衣が弾《はじ》かれたように内藤から離れ、和服の裾を整えた。衿元も直す。

「誰なんだ、おまえは！」

内藤が目を剝《む》き、スラックスとトランクスを引っ張り上げた。座ったままだった。黒光りする男根《だんこん》は、まだ萎《な》えきっていない。

「お娯《たの》しみのところを撮影させてもらった」

時任は内藤に言って、私物のスマートフォンを懐に戻した。

「撮った動画でおれを強請《ゆす》る気だなっ」

「おれをチンピラ扱いするな。そっちがそこにいる小坂真衣さんを愛人《レコ》にしてることはわかってるが、そんなことはどうでもいいんだ」

「何が狙いなんだ。早く言えっ」

「そっちと差しで話し合う前に、情婦《おんな》に消えてもらいたいな」

「いいだろう」

内藤が言って、真衣に目配せした。真衣が小さくうなずく。

「おれが事務所に押しかけたことを警察に通報したら、あんたのパトロンは手錠《ワッパ》を打たれることになるぞ。内藤の旦那はいろいろ危《ヤバ》いことをしてるからな」

「わたし、余計なことは誰にも喋りません。ですから、内藤さんに荒っぽいことはしないでください」

「いいから、早く消えてくれ」

時任は顎《あご》をしゃくった。真衣が小声でパトロンに詫び、足早に社長室から出ていった。

時任は内藤の正面のソファにどっかと座った。あたりの空気が腥《なまぐさ》い。精液と愛液が入り混じった臭いだった。

「社員を早く帰らせて、オフィスで愛人《レコ》とファックか。どっちも好き者なんだろうな」

「おたく、いい度胸してるじゃないか。おれは素《す》っ堅気《かたぎ》じゃねえんだぞ」

「わかってる。だから、用心のためにこいつを持ってきたんだ」

時任は上着の裾を拡《ひろ》げ、ホルスターに収まったシグP230Jの銃把《グリップ》を見せた。ほとんど同時に、内藤が頬を引き攣《つ》らせた。

「どこの組の者《もん》なんだ?」

「おれはヤー公じゃない。一匹狼の恐喝屋だよ。そっちは『平生ミート』の社長の弱みにつけ込んで、『フェニックス・コーポレーション』の株を二万株ほどわずか十万円で買い取ったな?」

「子安社長に雇われたのか。そうなんだろう?」

「外れだ。おれは悪党どもの犯罪の証拠を握って強請《ゆす》ってるんだよ。誰かに頼まれて動いてるわけじゃない」

「そうかい。『平生ミート』の子安社長の息子の不始末の件でちょいと口止め料をせしめようとしたことはあるが、脅迫に屈しなかったんだ。子安が『フェニックス・コーポレーション』の株をたくさん持ってることは知ってたが、所有株を安く譲れと迫ったことはないな」

「しらばっくれるつもりか。なら、こっちも下手《したて》に出るのはやめよう」

「な、何をする気なんだ!? ま、まさか……」

「おれは短気なんだよ」

時任はうそぶいて、ショルダーホルスターから拳銃《ハンドガン》を引き抜いた。

「真正拳銃《マブチャカ》だな」

「そうだ。超小型護身銃《デリンジャー》を隠し持ってるんだったら、早く出せよ」

「物騒《ぶっそう》な物なんか持ってない。本当だよ」

「こっちの質問にまともに答えなかったら、急所を外して一発ずつ撃ち込むぞ」

「正気なのか!?」

内藤が声を上擦《うわず》らせた。

時任は無言でスライドを滑らせた。初弾が薬室《チャンバー》に送られる。

内藤がみるみる蒼《あお》ざめた。時任は、丸腰の人間に発砲する気はなかった。あくまでも威嚇《いかく》である。

それでも反則技だ。多くの刑事は、こうした違法行為はしていない。しかし、時任は犯罪常習者に限り平気で法律やモラルを破っている。そうでもしない限り、無法者たちは罪をなかなか認めようとしない。

自慢できることではないが、やむを得ない手段だろう。ましてや単独捜査だ。時には非情になったり無頼にならなければ、自分の身を守ることはできない。

「わかったよ。『平生ミート』の子安社長の長男の不始末と父親の下半身スキャンダルを恐喝材料にして、『フェニックス・コーポレーション』の株を二万株ほど十万円で譲れと威《おど》したんだ」

「やっぱり、そうだったか。子安が所有してた『フェニックス・コーポレーション』の株を二万株安く買い叩いたのは、深沢社長が松浦明美さんをレイプして、その後、ＳＭプレイのパートナーにしてたんで、腹を立てたんだな」

「おたく、どうやって調べたんだ⁉」

「こっちが訊いたことだけに答えろ。いいなっ」

「ああ、わかったよ」

「そっちは従妹の娘に同情して、『フェニックス・コーポレーション』の深沢に談判した。松浦明美を社外役員にして月に百五十万円の役員報酬を払えと命じたんだろう？」

「それは……」

「答えになってないな」

「ああ、そうだよ。でもな、深沢の野郎は取り合おうとしなかった。明美が住んでる坂町のマンションの家賃を払ってやってるし、少しまとまった小遣いもよくやってたと言ってた」

「そうか」

「けどな、明美は『フェニックス・コーポレーション』のイメージガールに起用してやると騙されて犯され、その後も変態プレイの相手をさせられてたんだ。長いこと屈辱的な扱いに耐えてたのは、いつか社長夫人にしてもらえるかもしれないと思ってたからなんだよ」

「ところが、深沢耕平には妻子がいた」

「そうなんだ。明美にも打算があったわけだが、変態野郎にまんまと騙されてた。M嬢みたいな扱いをされて明美は生傷が絶えなかった。それなのに、愛人手当も貰えなかったんだぞ。誰だって怒るだろうが！」

内藤が興奮気味に言い募《つの》った。

「だから、明美を社外役員にしてやれと深沢社長に言ったんだな？」

「そうだ。けどな、深沢は首を振らなかった。だから、おれはあいつに明美に二千万円の手切れ金を渡してやれと言ったんだ。それでも、深沢の野郎は要求を突っ撥ねやがった。おれはカーッとして、あいつをぶっ殺してやろうと思ったよ。けど、明美を巻き添えにするわけにはいかないんで……」

「いったん引き下がったんだな。しかし、どうも納得いかないんで、弱みのある『平生ミート』の子安社長が所有してる『フェニックス・コーポレーション』の株を二万株手に入れて、プレミアムを付けて深沢に買い戻させようと考えたんじゃないのか？」

「そうだよ。けどな、深沢はそれもきっぱりと断りやがった。おれは『フェニックス・コーポレーション』を乗っ取ってやろうと思って、投資顧問会社から株の購入資金を調達しようとした。仕手《して》集団にも株価操作してもらったんだが、『フェニックス・コーポレーション』の筆頭株主になれる見込みはなかった」

「『平生ミート』の子安社長から安く買い叩いた二万株は、まだ手許にあるのか？」

時任は訊いた。

「ああ、まだ売却してない。『フェニックス・コーポレーション』の株価がもう少し上がったら、手放すよ。うまくしたら、二千数百万になるだろうから、売却金はそっくり明美に渡してやるつもりだ」

「親類の娘《こ》はかわいいようだな」

「まあな。明美は深沢耕平の嘘を見抜けなかったせいで、ひどい目に遭った。そのぐらいのことはしてやらないとね」

「おれは、そっちの話を鵜呑《うの》みにする気にはなれない」

「どうしてなんだ？」

内藤が問いかけてきた。

「思い当たることがあるんじゃないのか？」

「いや、別にないな」

「深沢が自宅で撲殺《ぼくさつ》された夜、そっちはどこで何をしてた？」

「おれが深沢を殺《や》ったと思ってるのか⁉　その晩は真衣の天現寺《てんげんじ》のマンションにいたよ。小料理屋の定休日だったんで、夕方から日付が変わるころまで真衣の部屋にいた」

「愛人と口裏を合わせることもできるから、そっちのアリバイが立証されるとは限らないぞ。でも、確かめてみるか。愛人の家《ヤサ》はどこにある？」

「港区内にある『天現寺グレイスコート』の四〇一号室だよ」

「小料理屋はどこにあるんだ？」

「新橋駅近くの柳通《やなぎどお》りで『漁火《いさりび》』って店をやってる。おれは深沢の事件には関わってないよ。あの野郎を殺したいとは思ってたがな。とにかく、真衣に会ってアリバイ調べをしてくれ」

「仮にそっちのアリバイが立証されても、まだシロとは断定できない。その気になれば殺し屋《プロ》を雇うこともできるからな」

「疑い深い男だ」

「おれは、なんでも疑ってみる性質《たち》なんだよ」

「『平生ミート』の子安を脅迫して、二万株を安く手に入れたことを知らなかったことにしてくれたら、おたくに三百万をキャッシュで渡してもいいよ、どうだい？」

「そっちが深沢を誰かに片づけさせてたとしたら、もっと口止め料を毟《むし》れるな。また会おうや」

時任は拳銃をホルスターに突っ込み、すっくと立ち上がった。

3

店のシャッターは下りていた。

柳通りに面した小料理屋『漁火』だ。時任は『内藤エンタープライズ』を辞去すると、小坂真衣の店にやってきた。

事件当夜、内藤は本当に愛人宅にいたのだろうか。真衣に口裏を合わせてもらったとも疑えなくはない。

時任はエルグランドを『漁火』の近くの路上に駐《と》め、しばらく待ってみた。三十分経っても、女将《おかみ》と板前は姿を見せない。仕込みもあるはずだ。きょうは臨時休業にしたのではないか。

時任はそう判断し、車を発進させた。真衣の自宅マンションに行ってみる気になったのだ。『天現寺グレイスコート』を探し当てたのは、およそ二十分後だった。六階建ての賃貸マンションだ。

時任はエルグランドを降り、マンションのアプローチを進んだ。集合インターフォンに目をやる。真衣の部屋は四〇一号室だった。

出入口はオートロック・システムにはなっていなかった。管理人も常駐していない。

時任はエントランスロビーに入り、エレベーターで四階に上がった。

サングラスをかけてから、四〇一号室に近づく。時任はインターフォンを鳴らすと、すぐにドア・スコープの死角になる場所に移動した。

ややあって、小坂真衣の声がスピーカーから流れてきた。

「どちらさまでしょうか？」

「ヤマネコ宅配便です」

時任はもっともらしく告げた。

「ハンコがいるのね？」

「サインでも結構ですよ。置き配も可能です」

「ちょっとお待ちになって」

真衣の声が熄《や》んだ。

待つほどもなく部屋のドアが開けられた。時任はドアを大きく開け、抜け目なく三和土《たたき》に躍《おど》り込んだ。

「あっ、あなたは……」

真衣が後ずさった。

「大きな声を出したら、少し荒っぽいことをすることになるよ」

「わたしがここに住んでることは、誰から聞いたの？」

「内藤玲児が教えてくれたんだよ」

「ここにやってきた目的は何なんですか？　恥ずかしいとこを動画撮影されたけど、それを恐喝材料にして……」

「金を強請る気はない。そっちに確かめたいことがあるだけだ」

「何を確かめたいんです？」

「十月七日の夜、飲食店チェーン運営会社の深沢耕平社長が代々木五丁目の自宅で撲殺された。深沢は内藤の従妹の娘の松浦明美をレイプして、その後は愛人にしてたんだ」

「その話は彼、内藤さんから聞いたことがあります」

「そうなら、話が早い。明美はサディストの深沢に変態プレイを強《し》いられていたようだが、いわゆる愛人手当は貰っていなかった」

「そうですってね。そのことも内藤さんから聞きました」

「内藤は明美の代理人になって、深沢を威《おど》した。明美を『フェニックス・コーポレーション』の社外役員にしろと要求したんだ。しかし、深沢は脅迫には屈しなかった。明美に二千万円の手切れ金を払ってやれという要求もきっぱりと拒絶した」

「そうなんですか」

「腹を立てた内藤は『平生ミート』の社長の弱みにつけ入り、『フェニックス・コーポレーション』の株を二万株、わずか十万円で譲り受けた。そっちのパトロンは所有株にプレミアムをつけて筆頭株主に買い戻させようとしたんだ。しかし、深沢に断られてしまった」

「そんなことがあったんですか」

「事件当夜、内藤はこの部屋にずっといたと警察に言ったらしいが、それは本当なのか？」

時任は言った。

真衣が一瞬、目を伏せた。何か後ろめたい気持ちがあるからだろう。

「ええ、わたしと一緒にいました」

「その証言が嘘だったら、そっちは何らかの科《とが》を受けることになるぞ」

「えっ、そうなんですか⁉」

「偽証を甘く見ないほうがいいな。十月七日の夜、本当は内藤はこの部屋にいなかったんじゃないのか？」

「わたし、どうすればいいんだろう？」

「内藤に泣きつかれて、偽証したんじゃないのか？」

「それは……」

「ちゃんと答えろ！　どうなんだっ」

「その晩、内藤さんはわたしの部屋には来ませんでした。でも、そういうことにしといてほしいと彼に頼まれたので、つい嘘をついてしまったんです。すみません」

「やっぱり、そうだったか。内藤がアリバイ工作したってことは、『フェニックス・コーポレーション』の深沢社長を殺害した疑いが出てきたわけだ」

「彼、内藤さんは経済やくざなんて言われたりしてますけど、根っからの悪人じゃないはずです。だから、人殺しなんかしないと思います」

「ならば、なぜアリバイづくりをする必要がある？　おかしいじゃないか」

時任は言った。

「もしかしたら、内藤さんに新しい彼女ができたのかもしれません。相手の女性は人妻で、本当のことを聞き込みのときに喋ったりしたら……」

「浮気相手はもちろん、内藤も困るだろうな」

「ええ、そうですよね」

「そっちがそう思ったのは、なぜなんだ？」

「数カ月前、内藤さんはうっかりわたしを別の名前で呼んだんですよ。ひとみと言ってから、慌《あわ》てて言い直したんです。奥さんは確か杏子《きょうこ》という名前です」

「そういうことがあったんで、そっちは自分のほかに内藤の愛人がいるんじゃないかと思ったわけか」

「そうです。事件があった晩、内藤さんは別の女性と密会してたんじゃないのかしら。多分、その相手は人妻か、婚約者がいるんでしょうね。それだから、不倫のことは絶対に秘密にしておきたかったんじゃない？」

「そういうことなんだろうか。それとも、内藤は深沢殺しに関与してるんでアリバイを用意しなければならなかったのか」

「あなた、強請屋なんかじゃないでしょ？」

「なぜ、そう思った？」

「警察関係者みたいな話し方をしたから……」

真衣が言った。

時任は拳銃を取り出した。

「いつも拳銃を持ち歩いてる刑事なんて、ひとりもいないはずだ。ＳＰは高性能拳銃のグロックなんかを常に懐に忍ばせてるようだがな」

「刑事さんたちは手入れのとき以外、拳銃は所持していないという話を聞いたことがあります。そう考えると、あなたは刑事さんじゃないようね」

「おれは強請屋さ」

「内藤さんのオフィスで撮影した動画を消去してくれるんだったら、五十万、ううん、百万払ってもいいわ」

真衣が言った。

「端金《はしたがね》を貰う気はない」

「もっと多く払わないと、恥ずかしい動画は削除してくれないのね」

「そっちから金を取る気なんかないよ」

時任は上着の内ポケットから私物のスマートフォンを取り出し、真衣の前で淫らな動画を消去した。

真衣が安堵《あんど》した表情になった。だが、すぐに不安顔を見せた。

「何も要求しないわけじゃないんでしょう？」

「そっちは抱き心地がよさそうだな。一度お手合わせをしてもらうか」

「内藤さんに内緒にしておいてくれるなら、あなたに抱かれてもいいわ」

「冗談を真《ま》に受けたようだな。まだ初心《うぶ》なところがあるね。そっちに何かを要求することはないから、安心してくれ」

時任は微苦笑して、真衣の部屋を出た。一階に下り、エルグランドに急ぐ。アリバイを偽装した疑いのある内藤玲児を追及してみる気になっていた。

時任はエルグランドのドアを開けた。

ちょうどそのとき、右耳の横を何かが通り抜けた。銃弾の衝撃波に似ていた。

時任はあたりを見回した。

と、十七、八メートル離れた路上に狩猟用強力パチンコを構えた若い男が立っている。大型のスリングショットだった。

さきほど耳許《みみもと》を疾駆《しっく》していったのは、おそらく鋼鉄球だろう。本格的なスリングショットには照準が付いていて、大鹿や羆《ひぐま》も一発の弾《たま》で仕留められる。侮《あなど》れない。

時任は姿勢を低くして、運転席に乗り込んだ。

そのすぐ後、スリングショットを持った男が慌てて近くの白いセレナの助手席に入った。

数秒後、セレナが急発進した。

時任はエルグランドでセレナを追いはじめた。

セレナから降りた二人の男は、すぐ近くの公園内に走り入った。逃げたのではなく、おそらく罠だろう。時任は怯《ひる》まなかった。グローブボックスから手錠を掴み出して、車を降りる。

清水谷公園に入ると、広場があった。そこに動く人影はなかった。

時任は、左手にある池の方向に歩きだした。

三十メートルほど進むと、遊歩道の脇の暗がりから何かの塊《かたまり》が飛んできた。それは時任の頭上を抜けていった。スリングショットの弾だろう。

「二人とも暗がりから出てくるんだ。こっちはハンドガンを持ってる。命令に従わないと、発砲することになるぞ」

時任は声を張り上げた。返事の代わりに、洋弓銃《ボウガン》の矢が飛んできた。的《まと》から大きく逸《そ》れていた。

時任はシグP230Jを構えながら、少しずつ前進しはじめた。と、スリングショットを持った男が繁みの中に隠れた。

ボウガンを手にした片割れが遊歩道に姿を見せた。矢を番《つが》えかけている。時任は地を蹴った。

一気に間合いを詰める。ボウガンが水平に構えられた。時任は相手の睾丸《こうがん》を蹴り上げた。男の手からボウガンが落ちた。

時任は、唸って屈《かが》み込んだ男に鋭いキックを見舞った。男が横に転がり、体を丸める。時任は男の腰を膝頭で押さえた。

「誰に頼まれて、おれを襲ったんだ」

「言えるかよっ」

「なら、死んでもらおう」

「本気で撃つ気なのか⁉」

「ああ、撃つ！」

「おれたちは内藤さんに頼まれて、おたくの正体を調べることになってたんだ。おたく、本当に一匹狼の強請屋なのかよっ。そうじゃないんだろ？」

「内藤に言った通りだ。おれは危《ヤバ》いことをやった連中を脅迫して、せしめた口止め料で喰ってる。文句あるか？」

「いいや、別に……」

「なんて名だ？」

「おれは須永《すなが》、相棒は木島《きじま》ってんだ」

「半グレらしいな」

「一応、二人とも堅気だよ。おれたちは同じ自動車修理工場で働いてるんだ。職場は大森《おおもり》にあるんだが、内藤さんの車を修理したことがあるんだよ」

「そういうことで、内藤に言われるままにおれを痛めつける気になったわけか」

「そう。おたくには何も恨みはないんだけど、正体を突き止めたら、内藤さんはおれたち二人に三十万円ずつ払ってくれると言うんで……」

須永が言った。

「内藤はある殺人事件に関与してるかもしれないんだ」

「マジで⁉」

「ああ。内藤は愛人の小坂真衣に頼んでアリバイ工作をしてたことが明らかになったから、嫌疑を持たれても仕方ないな」

「でも、内藤さんは実行犯じゃないでしょうね。殺人《コロシ》ほど割に合わない犯罪はないからな」

「おれも、そう思うよ」

時任はいったん言葉を切り、繁みに向かって大声を投げた。

「木島、出てこい！　ずっと隠れてる気なら、須永の眉間《みけん》を撃つぞ」

「荒っぽいことはしないと約束してくれたら……」

「いいだろう。素直に出てくるなら、手荒なことはしないよ」

「本当に本当だね？」

「ああ」

「それなら、そっちに行く」

木島が言って、暗がりから出てきた。スリングショットは持っていなかった。繁みの中に捨てたのだろう。

時任は木島に探りを入れてみたが、特に隠しごとをしているようではなかった。

「おれたちをどうするつもりなんだ？」

須永が不安そうに問いかけてきた。

「内藤には、おれに逃げられたと言っとけ。そのほか余計なことは何も言うんじゃないぞ。いいなっ」

「わかったよ。おたく、何者なの？　やっぱり、ただの強請屋とは思えないんだよな」

「おれの正体を知りたいか？」

「知りたいね」

「刑事だよ」

「冗談でしょ？」

「いや、冗談じゃない」

時任は、懐から取り出したＦＢＩ型警察手帳にライターの炎を近づけた。須永と木島が驚きの声をあげた。どちらも声が裏返っていた。

「内藤におれが刑事であることを教えたら、二人を検挙《アゲ》るからな」

「余計なことは言いません」

須永が木島より先に応じた。時任は木島に顔を向けた。

「そっちはどうなんだ？」

「おれも同じっす。内藤さんに告げ口なんかしませんよ」

「そっちはスリングショットで、おれの頭部を狙ってた。命中してたら、おれは死んでたかもしれない。となれば、殺人容疑で起訴されることになるだろう」

「お　おれは、おたくの太腿を狙ってたんだ。頭に命中させたら、死ぬ可能性が高いからさ。でも、手許が狂っちゃったんだ。傷害容疑しか適用できないと思うけどな」

「その気になれば、おまえたち二人を殺人未遂容疑で地検に送ることもできるんだよ。刑務所にぶち込まれたくなかったら、どっちも内藤に余計なことは言わないほうがいいな」

「わかりました」

須永が即座に応じた。木島が無言でうなずく。

時任は自動拳銃をホルスターに戻し、須永たち二人より先に公園を出た。エルグランドに乗り込み、西新橋に向かう。

『内藤エンタープライズ』に着いたのは、十五、六分後だった。

ドアはロックされていた。事務所内は無人のようだ。

時任はエレベーターで一階に下《お》り、ほどなくエルグランドの運転席に入った。元刑事の探偵に、内藤に小坂真衣以外の愛人がいるかどうか調べてもらう気になったのだ。

品田探偵事務所は、渋谷区道玄坂《どうげんざか》一丁目の雑居ビルの五階にある。ヒューマックス渋谷ビルの近くだ。

目的の雑居ビルに足を踏み入れたのは、およそ三十分後だった。エレベーターを待っていると、停止した函《ケージ》から品田聡子が出てきた。

元刑事の妻である。五十九歳だが、二つ三つ若く見える。

「あら、時任さん！」

「おやっさん、忙しいのかな？」

「家出した予備校生を捜し出してからは、調査の依頼がないのよ。浮気調査の依頼は多いんだけど、夫はたいがい断っちゃうの。貧乏探偵は損得だけでは動かないから、妻は苦労するわ」

「でも、おやっさんみたいな無器用な生き方しかできない人間が好きなんでしょ？」

時任は訊いた。

「ええ、まあ。要領よく世間を渡ってる人たちはどこか信用できない。逆に生き方が下手な男女は他者の憂《うれ》いに敏感で、思い遣りもあるわ」

「そういう傾向はありますね」

「夫がもう少し稼いでくれたら、デパ地下で値下げになった惣菜《そうざい》を買って家に帰らなくてもいいんだけどね。時任さん、少し発破《はっぱ》をかけてちょうだいよ。どうぞごゆっくり！」

聡子は手をひらひらさせ、雑居ビルを出ていった。

時任は五階に上がった。品田探偵事務所のドアを軽くノックし、すぐに入室する。

品田博之は応接セットのソファに腰かけ、所在なげにしていた。

「やあ、係長《ハンチヨウ》！」

「おやっさん、そう呼ぶのはやめてほしいな。もう係長じゃないんですから」

「そうなんだが、長いこと係長《ハンチヨウ》と呼んでたからね。そんなことより、密行捜査指令が下《くだ》されたようだな。今回はどんな事案《じあん》なの？」

「十月七日の夜、飲食店チェーン運営会社の社長が自宅で撲殺されました」

「その事件のことは憶《おぼ》えてるよ。被害者は青銅の壺で撲殺され、ペニスを切断されたんだったね？」

「そうです。血みどろの性器は、被害者の口の中に突っ込まれてました」

時任は品田の前のソファに腰を落とし、これまでの捜査経過を伝えた。自分の推測も付け加えた。

「係長《ハンチョウ》の筋読みは間違ってないと思う。ペニスを切断して、口紅で〝ヘンタイ〟と片方の腿に落書きした事実に引っ張られると、女の犯行と思い込んでしまうだろうな」

「ええ、そうでしょうね」

「加害者は女ではなく、男ではないかな。細工を弄《ろう》しすぎたんで、加害者の意図《いと》が透けてるよ」

「こっちもそう思いました」

「そう。それはそうと、わたしは何を手伝えばいいのかな。いま現在、依頼はゼロなんだ。今夜からでも動けるよ」

「おやっさんにそう言ってもらえると、とても心強いな」

「差し当たって何をすればいい？」

「経済やくざの内藤玲児という奴には愛人《レコ》がいるんですが、ほかにも親密な関係の女性がいるかもしれないんですよ」

「その内藤は『漁火』という小料理屋の女将と不倫の仲だという話だったね？」

品田が確かめる口調で言った。

「女将の小坂真衣は色香を漂わせた和風美人なんですが、内藤は別の花を愛《め》でたくなったようです」

「欲張りな奴だね。妻のほかに世話してる女性がいるのに、さらに新しい愛人ができたって？」

「ええ。女好きなんでしょう、内藤玲児は」

「そうなんだろう。その内藤に関することをできるだけ多く教えてほしいな」

「わかりました」

時任は、内藤の個人情報を次々に明かしはじめた。

4

いつになくコーヒーが苦い。

特任捜査が進んでいないせいだろうか。時任は、マグをダイニングテーブルに置いた。

恵比寿の自宅マンションだ。品田探偵事務所を訪ねた翌朝である。間もなく十時半になる。

時任はトースト、ハムエッグ、野菜サラダを平らげていた。

朝食は、たいていパンを食べている。食パンを焼くのが面倒に思えたときは、だいたい前夜に買った調理パンを食していた。気が向いたときは自炊もするが、普段は昼食と夕食は外で摂《と》っていた。

時任は紫煙をくゆらせてから、汚れた食器を手早く洗った。洗濯機を動かし、歯磨きをする。髭《ひげ》も剃った。

時任はリビングソファに腰かけ、朝刊に目を通しはじめた。

その直後、コーヒーテーブルの上に置いた刑事用携帯電話《ポリスモード》に着信があった。時任は新聞を折り畳み、ポリスモードを摑み上げた。発信者は桐山理事官だった。

「代々木署に出張《でば》ってる管理官から報告が上がってきたんだ。捜査班はきょうの午後、井本健に任意同行を求めるそうだよ」

「理事官、深沢瑞穂の実弟にはアリバイがあったはずですが……」

「深沢耕平が殺害された夜、井本は五反田《ごたんだ》にあるスポーツクラブで汗を流してたんだ。トレーナーたちの証言で、井本は午後十一時過ぎまでスポーツクラブにいたことは明らかになった」

「ええ、そうでしたよね」

「二人のトレーナーはそう証言したんだが、クラブの会員のひとりが井本は十時半にはトレーニングを終えて帰ったと七係の再聞き込みで語ったというんだよ」

「トレーナーたちは井本に頼まれて、嘘の証言をしたんですかね」

「そうなんだろう。というのは、十月七日の午後十一時数分過ぎに井本健が代々木八幡《よよぎはちまん》駅近くでタクシーを降りた姿がある商店の防犯カメラに捉《とら》えられてたんだよ」

「いまごろになって、なぜ、その動画が……」

「第一期捜査のとき、被害者宅の周辺だけではなく、代々木八幡駅付近の商店からも録画提供を受けたんだが、捜査員の高圧的な態度に腹を立てて協力を拒んだ商店主がいたんだよ」

「七係のメンバーは低姿勢で協力を要請したんで、動画を提供してもらえたわけですね？」

時任は訊いた。

「そうなんだ。深沢耕平の死亡推定時刻は、午後十時から翌午前零時の間とされた。だから、時間的には井本の犯行も可能ってことになるだろう？」

「ええ、そうですね。それで、任意同行《ニンドウ》を求めることになったわけですか」

「そう。井本は、義兄の深沢をウィークリーマンションに閉じ込めたことがあった。子供の親権を姉の瑞穂に譲れと二、三発、深沢を殴った。それでも、深沢は子の親権を瑞穂に渡さなかった」

「ええ、捜査資料にはそう記述されていましたね」

「井本は深沢を抹殺《まっさつ》すれば、実の姉が『フェニックス・コーポレーション』の代表取締役になれると考え、汚れ役を引き受けたんじゃないんだろうか」

「そうなんでしょうか」

「井本は自分のデザイン会社を畳んで、『フェニックス・コーポレーション』の専務に収まる気でいるようだ。殺人の動機はあるな」

「ええ、まあ」

「井本は、深沢の別居中の妻の実弟なんだ。深夜に義兄宅を訪ねても、追い返されはしないだろう」

　桐山が言った。

「そうなんでしょうか。井本は捜査本部事件が起きる前に義兄を拉致《らち》監禁して、子の親権を自分の姉に譲れと手荒なことをしたんですよ。深沢は、義弟を門前払いにすると思いますがね」

「井本は深沢宅に押し入って、凶行に及んだのかもしれないぞ。時任君、姉の深沢瑞穂が弟の健を唆《そそのか》したとは考えられないだろうか」

「こっちの勘では、それはないと思います。瑞穂が誰かを唆して夫を始末させたんだとすれば、その相手は『フェニックス・コーポレーション』の尾形専務でしょうね」

「専務の尾形か。きみの報告によると、瑞穂は尾形を副社長に昇格させて二人で事業を守り立てていく気でいるようだと……」

「ええ。被害者の妻は実弟を会社の専務に据えるつもりだと言っていましたから、尾形を焚《た》きつけた疑いはあるでしょうね」

「瑞穂は子供と一緒に目黒区大岡山《めぐろおおおかやま》の実家に戻ってるんだったな。時任君、瑞穂に鎌をかけてみてくれないか」

「わかりました」

時任は通話を切り上げ、外出の仕度に取りかかった。戸締まりをして、七〇一号室を出る。

時任はエレベーターで一階に降り、マンションの専用駐車場に回った。エルグランドに乗り込み、瑞穂の実家をめざす。

井本宅を探し当てたのは、およそ二十五分後だった。

時任は瑞穂の実家に近づけなかった。井本宅のそばに、二台の覆面パトカーが待機していたからだ。捜査本部は午後になったら、井本健に任意同行を求めるのではないか。

時任はエルグランドを裏通りに駐め、井本宅のある通りの手前で立ち止まった。物陰から瑞穂の実家の様子をうかがう。

七係の捜査員たち二人がスカイラインを降りたのは、午後一時二十分ごろだった。二人は井本宅のインターフォンを鳴らし、邸内に消えた。

二人の刑事に挟まれる形で井本健が表に出てきたのは十数分後だった。

井本はスカイラインの後部座席に乗せられた。スカイラインが先に走りだし、その後に黒いプリウスがつづいた。ほどなく二台の警察車輛は視界から消えた。

時任は、エルグランドを井本宅の前の通りに移動させた。

捜査資料のファイルを開く。深沢瑞穂の電話番号が載っていた。時任は私物のスマートフォンを使って、瑞穂に連絡した。

スリーコールで電話は繋《つな》がった。声色を変える。

「深沢瑞穂さんですね？」

「はい、そうです。あなたは？」

「『週刊トピックス』の特約記者です。中村《なかむら》といいます」

時任は平凡な姓を騙《かた》った。

「ご用件をおっしゃってください」

「奥さん、会社の尾形専務とはデキてるんでしょ？」

「失礼なことを言わないでください。尾形さんは、亡くなった夫の右腕だったんですよ。専務のことはよく知っていますけど、疚《やま》しい間柄ではありません」

「とぼけなくてもいいでしょう。『フェニックス・コーポレーション』の社員たちがあなたと尾形専務は不倫の仲だって口を揃えてるんですよ」

「そんなでたらめを言ってるのは、会社の誰と誰なんです？」

瑞穂が声を尖《とが》らせた。

「ニュースソースを教えるわけにはいきません。あなたと専務が同じホテルに部屋を取って、どちらかの部屋で甘い時間を共有しているという証言もあります」

「ばかばかしい」

「それだけじゃない。あなたと尾形専務が共謀して、深沢社長を亡き者にしたという噂も社内に流れているそうです」

「いったい誰がそんなデマを流してるのかしら。悪質だわ」

「少し前にあなたの弟の井本健さんが任意で代々木署の捜査本部に連れて行かれましたね」

「そこまで……」

「ネットワークがあるんで、いろんな情報が入ってくるんですよ。事件当夜、弟さんは代々木八幡の商店の防犯カメラに映ってたんです。それだから、警察は任意同行を求めたんでしょう」

「健は、弟は子供の親権の件でわたしに加勢してくれましたけど、義兄の深沢を手にかけるわけありませんよ」

「そうだとしたら、尾形専務があなたに唆《そそのか》されて深沢社長を殺し屋《プロ》に片づけさせたんでしょうね」

「臆測だけで、そういうことを言ってもいいんですかっ。不愉快です」

「週刊誌の特約記者は収入が不安定なんだよね。少しまとまった金を払ってくれるんだったら、取材で掴んだ事実をすべて忘れてもいいですよ。青臭い正義感なんて、とうの昔にどこかに棄《す》てちゃったんでね。えへへ」

時任は、ことさら下卑《げび》た笑い方をした。

「あなた、ブラックジャーナリストなのねっ」

「そう呼ぶ人間もいるな。先月七日に殺害された旦那は十二年前の秋にレイプ未遂をやらかして、三年数カ月臭い飯を喰ってた。その当時の苗字は田所だった。仮出所後、深沢千代吉・登紀子夫妻の養子になって姓を変えたんでしょ？」

「わたしは夫に前科があるなんて思ってもみなかったので……」

「深沢耕平と結婚して、雄太君を産んだわけですよね。あなたは旦那に騙されてたんだから、だいぶ恨みがあったんでしょう？　夫を抹殺したくもなるだろうな」

「わたしを犯罪者扱いしないでちょうだい。わたしはもちろん、弟や尾形専務も夫の事件には関与していません」

瑞穂が言い放ち、電話を切った。時任は大胆に揺さぶってみた。瑞穂は何らかのリアクションを起こすのではないか。それを期待したい。

時任は、瑞穂が動き出すのを待つことにした。

いたずらに時間が流れたが、焦《じ》れたりはしなかった。張り込みは、じっくり待つことが鉄則だ。

井本宅から一台の赤いアウディが走り出てきたのは、午後四時過ぎだった。

時任は運転席を見た。ステアリングを握っているのは深沢瑞穂だった。アウディは数十分走り、港区白金台《しろかねだい》にあるシティホテルの駐車場に入った。老舗《しにせ》だが、部屋数は多くない。

少し遅れて、時任はエルグランドをホテルの専用駐車場の空きスペースに駐めた。アウディを降りた瑞穂は急ぎ足で館内に消えた。時任は運転席を離れ、ホテルのロビーに駆け込んだ。

瑞穂は、フロントの右側にあるエレベーターホールに立っていた。エレベーターは三基あった。時任はエレベーターホールの少し手前で、太い支柱に身を寄せた。少し待つと、瑞穂が真ん中の函《ケージ》に乗り込んだ。

時任はエレベーター乗り場まで進んだ。

たたずんで、階数表示盤を見上げる。瑞穂を乗せたケージは五階で停止した。

時任は右端のエレベーターを使って、五階に上がった。瑞穂の姿はどこにも見当たらない。すでにどこかの部屋にいるのだろう。

時任はあたりを見回した。

エレベーターホールには防犯カメラが設置されていた。だが、通路には一基も設けられていない。好都合だ。

通路に人目がないことを確認してから、時任は上着のポケットから〝コンクリート・マイク〟と呼ばれる超小型盗聴マイクを摑みだした。受信機は煙草の箱ほどの大きさで、イヤフォンが付いている。時任は五〇一号室のドアに高性能マイクを密着させた。

年配の男女が大声で話している。末娘の結婚式があり、今朝、札幌から飛行機で上京したようだ。五〇二号室は静まり返っている。予約客はまだチェックインしていないのだろう。

時任は横に動き、盗聴マイクを五〇三号室のドアに押し当てた。

すると、男女の会話が聴こえてきた。尾形専務と瑞穂の遣《や》り取《と》りだった。

──正体不明の脅迫者は、弟さんが任意同行に応じたことまで知ってたんですか。

──そうなのよ。だから、警察関係者ではないかと思ったの。尾形さんはどう思う？

──現職の警察官が口止め料を出せなんて言わないでしょ？

──わからないわよ。毎年七、八十人の悪徳警察が懲戒処分になっているって話だから。

──そういうことを考えると、奥さんの推測は正しいのかもしれないな。

──そうでしょう？　わたしたちはビジネスパートナーとして信頼し合うことが大事だと

考えてるの。

――わたしも、そう思っていますよ。

――そこで、尾形専務に確かめておきたいことがあるの。

――奥さん、改まってどうしたんです？

――尾形さんはだいぶ前から、わたしに恋情を懐《いだ》いてくれてたんでしょ？　でも、家庭があるんで、ずっとブレーキをかけてたんじゃない？

――ええ、そうでした。それに深沢社長には目をかけてもらっていたので、奥さんを横恋《よこれん》慕《ぼ》なんかしたら、罰《ばち》が当たると自分を戒《いまし》めてきたんですよ。

――あなたの気持ちは感じ取ってたわ。

――そうなら、嬉しいな。奥さん、本当なんですね？

――こんなこと、冗談では言えないわ。わたしは深沢に力ずくで体を奪われ、ずるずると引きずられる形で妻になり、雄太を産んでしまった。深沢とは一緒にやっていけないと思ってたから、もっと早く離婚話を切り出すべきだったのよね。だけど、言い出せなかったの。

――シングルマザーになったら、子育てに苦労するでしょうからね。

――ええ。でも、まったく愛情を感じていない夫と仮面夫婦を演じていたら、雄太にも悪い影響を与えるにちがいないと思ったのよ。それで、別れ話を切り出したの。深沢はわたしと離婚することにはためらいはなかったみたいなんだけど、雄太は自分が育て上げて会社を引き継がせたいの一点張りだったわ。

——そうだったみたいですね。社長には、女親が子供を育てたほうがいいと進言したんですよ。しかし、怒鳴《どな》られてしまいました。

——そんなことがあったの。尾形さん、ストレートに言うわ。あなたは深沢をこの世から消してしまえば、『フェニックス・コーポレーション』とわたしを手に入れられると思ったことはない？

——それはあります。しかし、社長を実際に葬《ほうむ》ってしまおうなんて本気で考えたことはありません。奥さんは、わたしが誰かに社長を殺《や》らせたのではないかと疑ってたんですか⁉

——正直に言うと、ちょっとね。

——奥さんのほうはどうなんです？　弟の健さんと共謀して、実行犯を見つけて……。

——あなたも、わたしたち姉弟《きょうだい》を疑ってたのね。わたしは深沢が事故死か病死してくれればいいと願っていたけど、第三者に夫を始末させようと考えたことはないわ。本当よ。ただ、弟はわたしのために……。

——健君は社長に殺意を懐《いだ》いてたんですか⁉

——ええ、そうなの。事件当夜、弟は刃物を持って代々木八幡の駅近くまでタクシーに乗って、その後は徒歩でわたしたち夫婦の家に押し入って深沢を刺し殺すつもりだったらしいの。でも、歩いてるうちに冷静さを取り戻して大岡山の家に帰ったそうよ。

——そういうことがあったんですか。

——ええ。アリバイ工作を捜査本部の人たちに見破られたんで、弟は任意で代々木署に連れていかれたの。でも、健は深沢を殺していないのだから、緊急逮捕されるようなことはないはずよ。

——犯行に及んでないなら、健君はじきに帰宅させてもらえるでしょう。

——ええ、そうなるでしょうね。尾形さんにホテルの部屋を取ってもらった理由は、もう察しがつくでしょう？

——はい、なんとなく。

——尾形さんが信頼できる方だという確信を深めたら、わたしはあなたに抱かれるつもりだったの。そのほうが信頼関係も強まるんじゃない？

——と思います。しかし、わたしと男女の関係になってもいいんですか？　妻子を捨てることはできないでしょうから、奥さんと一緒になることは……。

——あなたと再婚したいとは思っていないの。お互いに本音を言い合って、『フェニックス・コーポレーション』をもっともっと飛躍させましょうよ。セックスは潤滑油だと考えてもらってもいいわ。

――わかりました。

――先にシャワーを浴びてるから、後で来てね。うふふ。

二人の会話が熄《や》んだ。

時任はドアから盗聴マイクを離し、イヤフォンを外した。二本のコードを受信機に巻きつけ、上着のポケットに突っ込む。

尾形諒、深沢瑞穂、井本健の三人は捜査本部事件には絡んでいないだろう。時任はそういう心証を得て、五〇三号室から離れた。

第三章　怪しい経済やくざ

1

運転席に座った直後だった。

時任の懐で私物のスマートフォンが震え始めた。白金台のホテルの駐車場だ。時任はスマートフォンを摑《つか》み出し、ディスプレイを見た。

発信者は品田だった。

「係長《ハンチヨウ》、面白いことがわかったよ。経済やくざの内藤玲児は一年ほど前から、桜仁会高石組《おうじんかいたかいし》の若頭《カシラ》の若い女房《バシタ》の千野《ちの》ひとみ、三十三歳と不倫してる。ひとみの夫の千野吾郎《ごろう》、四十六歳は殺人教唆《きようさ》罪で服役中なんだ」

「内藤はいい度胸してるな。大物やくざが服役中に女房を寝盗《ねと》ったんだろうからね」

「そうだな。内藤に不倫のことをちらつかせれば、捜査本部事件に関与してるかどうか吐きそうだね」

「おやっさん、千野ひとみの自宅も調べてくれました？」

「ああ、抜かりはないよ。新宿区富久町《とみひさちょう》三十×番地、『ローヤル富久』の八〇八号室に住んでる。ひとみは夫の貯《たくわ》えを切り崩しながら、質素に暮らしてるようだ」

「そうですか。高石組の関係者たちは、若頭の妻が内藤と浮気してることに気づいてないんでしょうね」

「だと思うよ。組員の誰かがひとみの不倫に気づいてたら、服役中の千野吾郎は弟分にでも妻と内藤を殺《や》らせるはずだ」

「でしょうね」

「先に千野ひとみに不倫のことを喋らせ、それから内藤を追い込んだほうがいいんじゃないかな」

「そうしてみます。おやっさん、恩に着ます」

「なあに、たいしたことをしたわけじゃない。礼は無用だよ。それはそうと、その後、捜査は進んでるの？」

「ええ、ほんの少し進みました」

時任は、深沢瑞穂、井本健、尾形諒の三人はシロと判断したことを手短に話した。

通話を切り上げると、今度は寺尾理沙から電話がかかってきた。

「『フェニックス・コーポレーション』の社長だった深沢耕平は汚い手を使って、チェーン店を増やしてたの」

「汚い手って？」

「深沢はチェーン店に適していそうな居酒屋、カレーショップ、カフェが見つかると、そうした店に金で雇った半グレたちを連日のように送り込んで営業妨害してたのよ。赤字が大きくなった店のオーナーは次々に店を畳んだらしいの。その空き店舗を『フェニックス・コーポレーション』が借りて……」

「急成長した会社は、たいがい何か荒っぽいことをしてる。殺された深沢がそういう手でチェーン店を増やしたと聞いても、別に驚かないよ」

「ええ、そうでしょうね。そうだわ、ちょっと気になる情報をキャッチしたの。一年半ぐらい前まで目黒区自由《じゆう》が丘《おか》でカフェを経営してた男が、深沢をすごく恨んでたそうなのよ」

「その男の名は？」

時任は訊いた。

「老沼《おいぬま》修斗《しゆうと》、三十六歳よ。老沼は親の家を担保にして銀行からカフェの開業資金をほぼ全額借り、三年数カ月前に店をオープンしたの。すぐに商売は軌道に乗ったそうよ。だけど、深沢耕平が半グレたちの溜まり場にしたとたん、一般の客が入らなくなったんだって」

「それでカフェの経営がうまくいかなくなって、借りてる店舗を出ざるを得なかったんだな？」

「ええ、そうなの。『フェニックス・コーポレーション』はその物件をすぐに安く借り、立ち喰いイタリアンレストランのチェーン店をオープンさせたのよ」

「カフェの経営に失敗した老沼は、いま何をやって喰ってるんだい？」

「昼は引っ越し専門の運送会社で働いて、夜はレストランの皿洗いをしてる。借りた事業資金を返済しつづけないと、実家を銀行に取られてしまうから、ダブルワークで頑張ってるようよ」

「だいぶ切り詰めた生活をしてるんだろうな」

「でしょうね。まだ独身の老沼は両親と実家で生活してるんだけど、三人の食費は一日二千円に抑えてるらしいの。調味料なんかも含めてだというから、粗食なんじゃない？」

「そうだろうな」

「そんな質素な生活をしてる老沼が、およそ二カ月前に数万円もするリベットガンをネットで購入してるのよ」

「リベットガンというと、鋼板などの接合のときに使う鋲《びょう》を打つ道具だよな。なんで鋲打ち銃なんか買ったんだろうか」

「これはわたしの想像なんだけど、老沼は恨んでた深沢の全身に鋲《リベット》を打ち込んで殺す気だったんじゃないのかしら」

「そうだったとすれば、その老沼って男が深沢を殺したと疑えなくもないな。ただ、リベットガンを凶器にしなかったことが解《げ》せないな」

「リベットガンを持ち歩いてると怪しまれると考えて、老沼は被害者宅にあった青銅の壺を凶器にしたんじゃない？」

「そうなんだろうか。ところで、老沼の家《ヤサ》はどこにあるんだ？」

「世田谷区の三宿《みしゅく》よ。勤め先とバイト先もわかってるわ。わたし、少し老沼修斗をマークしてみようと思ってるの」

「そうしてみてくれないか」

「わかったわ。何か情報を摑んだら、すぐに教えるね。そちらの捜査は進んでるの？」

理沙が問いかけてきた。時任は質問に正直に答えて、先に電話を切った。

私物のスマートフォンを所定のポケットに戻した直後、刑事用携帯電話《ポリスモード》に着信があった。

時任はポリスモードを摑み出した。電話をかけてきたのは理事官の桐山だった。

「少し前に担当管理官から報告があったんだが、井本健を帰宅させたそうだよ」

「嫌疑が晴れたわけですね？」

「そう。事件当夜、井本はアリバイ工作をしてからタクシーで被害者宅まで行ったことを認めたらしい。最初は空とぼけてたそうだが、証拠の動画を見せると……」

「観念して代々木八幡駅の近くまで行ったことを認めたんですね？」

「そうなんだ。井本は義兄の深沢を殺す気で刃物を隠し持っていたらしいが、いざとなると、決心がぐらついてしまったようだな。それで、大岡山の自宅に帰ったというんだ」

「姉の瑞穂の話と合致してますので、井本の供述に偽りはないと思います」

「そうだろうね。担当管理官の勇み足だったわけだが、誤認逮捕とは違う。だから、別に問題はないはずだよ」

「ええ」

「きみのほうに何か大きな進展は？」

「残念ながら……」

時任は理沙から聞いた話を喋りそうになったが、思い留《とど》まった。老沼なる元カフェ経営者が深沢を恨んでいることは間違いなさそうだが、撲殺事件に絡んでいるという根拠はなかったからだ。

「単純な事件《ヤマ》だと初動のときは高を括《くく》ってたんだが、てこずってるね」

「ええ。ですが、迷宮《オミヤ》入りにはさせません。刑事《デカ》の意地がありますんで、必ず犯人を割り出しますよ」

「頼りにしてるぞ」

理事官が言って、電話を切った。

時任はポリスモードを上着の内ポケットに突っ込み、エルグランドを走らせはじめた。最短コースを選びながら、富久町に向かう。

『ローヤル富久』は、東京医科大学の斜め前にあった。時任は車を八階建てのマンションの植え込みの横に停止させた。

ごく自然に車を降り、集合インターフォンの前まで進む。八〇八号室のネームプレートには千野と記されていた。

時任は部屋番号を押した。

ややあって、スピーカーから女性の声が流れてきた。

「どなたでしょう？」

「警視庁の者です。あなたは千野ひとみさんですね？」

「夫に余罪があったのでしょうか？」

「いいえ、そうではありません。あなたの交友関係のことでちょっと確認させてほしいんですよ」

「交友関係ですか」

「ええ。インターフォン越しの遣り取りでは差し障《さわ》りがあるでしょうから、八〇八号室まで上がらせていただけませんか」

時任は打診した。

「夫は高石組の若頭ですが、わたしは普通の主婦です」

「とにかく、あなたの部屋まで……」

「わかりました。すぐにエントランスドアのロックを解除しますので、エレベーターで八階まで上がってください」

ひとみの声が途絶えた。

時任はオートドアを抜け、エレベーターで八階に上がった。八〇八号室のドアはロックされていなかった。時任は上着のポケットに入れてあるＩＣレコーダーの録音スイッチを入れてから、千野宅に入った。

ひとみは玄関マットの上に立っていた。個性的な顔立ちで、白人の血が混じっているように見える。彫《ほ》りが深く、瞳は円《つぶ》らだった。グラマラスだ。

時任は警察手帳を短く見せ、姓だけを名乗った。

「わたし、どんな犯罪にも関わってませんよ」

「わかっています。単刀直入に訊きます。あなたはご主人が服役してから、内藤玲児と不倫の仲になりましたね？」

「その方は、どこのどなたなんです？」

ひとみが視線を外して、掠《かす》れ声で問いかけてきた。顔から血の気が引いていく。

「空とぼけても意味ないよ。こっちは、もうわかってるんだ。なんなら、二人が密会してるときに隠し撮りした動画を観《み》せてもいいが……」

時任は、もっともらしく言った。

「わたしが内藤さんとこっそりつき合ってることを主人はもちろん、組の人たちには絶対に言わないでくださいね。服役中の千野に浮気のことを知られたら、わたしたち二人は殺されるでしょう。夫が目をかけてる弟分たちは揃って忠誠心が強いし、前科を背負うことを少しも恐れてませんので」

「内藤があなたを口説いたんだろうな」

「実は、わたしがレストランで色目を使って誘惑したの。千野が服役して一年ぐらいは淋《さび》しさに耐えられたんですよ。若い衆たちが心配してくれて、代わる代わるここに顔を出してくれてましたんでね」

「しかし、だんだん組の者の足も遠のきはじめた？」

「ええ、そうなの。千野の預金が七千万ちょっとあったんで、生活の不安はありませんでした。でも、男性がそばにいない暮らしは味気なくて……」

「淋しさに負けて、内藤と秘密を共有するようになったんだね？」

「ええ、そうです。とってもリスキーな浮気なんで、わたしは燃えました。彼、内藤さんも同じように昂《たか》まったようね。わたしたちは密会するたびに、獣のように烈《はげ》しく求め合いました」

「禁断の果実は甘いんだろうな」

「ええ、その通りでした。わたしたちは早く関係を終わらせないと、どちらも長生きはできないと思いつつも……」

「別れられなくなって、いまも密会を重ねてる？」

「そうなんです」

「先月七日の夜、飲食店チェーン運営会社の社長が代々木の自宅で撲殺されたんだが、記憶にあるかな？」

「ええ。派手に報道されましたんで」

「そうだったね。被害者の深沢耕平は、内藤の親類の松浦明美にひどいことをしてたんですよ」

「ひどいことって？」

ひとみが問いかけてきた。

「深沢は明美を会社のイメージガールにしてやると騙《だま》してホテルに呼びつけ、力ずくで犯した。その後も明美の弱みにつけ込んで、ＳＭプレイの相手を長くさせてたんですよ。明美は愛人手当の類《たぐい》は貰ってなかった。そのことに腹を立てた内藤玲児は明美の代理人として深沢に二千万円の手切れ金を払えと詰め寄ったが、まるで相手にされなかったようだ」

「内藤さん、怒ったでしょうね」

「そうらしい。内藤は『フェニックス・コーポレーション』の株を買い占めて、筆頭株主になって会社を乗っ取る気になったようなんですよ。しかし、軍資金を調達できなかった」

「それで、内藤さんはどうしたんです？」

「大口株主の弱みを切札にして、『フェニックス・コーポレーション』の株を二万株ほど十万円で手に入れたんですよ」

「たったの十万円で譲り受けたんですか⁉」

「そう。内藤は入手した二万株にプレミアムを付けて、筆頭株主の深沢社長に買い戻させようとした。しかし、まともに相手にされなかったようなんですよ」

「内藤さんは気が強いから、尻尾《しっぽ》を巻くはずないわ。『フェニックス・コーポレーション』の社長に何か仕返しをしたんでしょ？」

「警察は、内藤が深沢耕平を撲殺した疑いがあると考え、ずっとマークしてたんですよ。しかし、それを裏付ける証拠はなかった。事件当夜、あなたと内藤はどこかで密会してたんじゃないんですか？　そうなら、内藤に対する嫌疑は消えるだろう。正直に本当のことを言ってくれないか」

時任は、千野ひとみを直視した。

「夫や組関係者には絶対に秘密にしていただけますか？」

「ええ、約束しますよ」

「事件のあった夜、わたしたちは横浜のホテルで会っていました。偽名でわたしが予約した部屋にチェックインしたのは夕方でした。内藤さんが部屋に来たのは八時五十分ごろだったと思います」

「それから？」

「日付が変わったころ、内藤さんは東京に帰りました。わたしは動くのが大儀《たいぎ》だったんで、ホテルに泊まりました」

「どんな偽名を使って予約したんです？」

「川辺千里《かわべちさと》という偽名を……」

ひとみがきまり悪そうに言い、ホテル名を明かした。一流のシティホテルだった。

「そっちの話が事実なら、内藤玲児には完璧なアリバイがあったわけだ」

「そうですね。彼が『フェニックス・コーポレーション』の社長を殺すなんて物理的に無理ですよ」

「そうなるね。ご協力に感謝します」

時任は礼を述べ、部屋から出た。エレベーターで一階に降り、エルグランドに乗り込む。

時任は車を西新橋に向けた。東和ビルの前の路肩にエルグランドを寄せたのは、二十六、七分後だった。

時任はすぐに雑居ビルに入り、エレベーターで三階に上がった。

サングラスをかけ、勝手に『内藤エンタープライズ』に入る。居合わせた男性社員たちが顔を見合わせたが、何も言わなかった。来訪者に気圧《けお》されたようだ。

時任は奥の社長室のドアを無断で開けた。

両袖机に向かっていた内藤がぎょっとして、中腰になった。

「椅子に尻《けつ》を戻して、この音声を聴いてくれ」

時任は応接ソファに腰かけ、上着のポケットからＩＣレコーダーを取り出した。ＩＣレコーダーをコーヒーテーブルの上に置き、再生ボタンを押す。先ほどの千野ひとみとの遣り取りが流れた。

「男の声はあんただな。お、女はひとみじゃないか」

内藤がうろたえた。

「千野が服役中に女房を寝盗《ねと》るとは、ずいぶん神経が図太いな。それだけ千野ひとみさんは魅力があるんだろうな」

「あ、あんたは刑事だったのか⁉」

「そうだよ。おたくが深沢耕平を撲殺した疑いがあったんで、探りを入れてみたのさ。しかし、ひとみさんの証言通りなら、おたくはシロだな」

「従妹の娘の松浦明美が深沢にいいように遊ばれたんで、おれは『フェニックス・コーポレーション』の社長をとっちめてやりたかったんだよ」

「深沢が明美に手切れ金を払おうとしなかったので、おたくは『フェニックス・コーポレーション』を乗っ取ろうと企んだ。しかし、筆頭株主になるだけの軍資金を調達することはできなかったんだろう。そこで、おたくは『平生ミート』の社長に息子の弱みをちらつかせて、二万株をたったの十万円で手に入れた。プレミアムを付けて、その取得株を深沢社長に引き取らせようとした」

「そこまで調べ上げてたのか⁉」

「深沢は二万株の買い取りを拒否した。だから、おたくが逆上して『フェニックス・コーポレーション』の社長を殺害したのかもしれないと推測したんだよ。だが、筋の読み方が間違ってたようだ。おたくは事件当夜、服役中の大物やくざの妻と横浜のホテルで情事に耽《ふけ》ってたわけだからな。実行犯じゃないことは確かだろうが、おたくが殺し屋《プロ》を雇ったと疑えないこともない」

「おれは、深沢殺しにはまったく関与してないよ。明美の手切れ金を払わせようと脅迫したり、会社の株は取得した。だがな、深沢の野郎は少しも動じなかった。だから、あの男を殺したいと思ってたよ。けど、おれは深沢の事件にはノータッチだ」

「おたくが嘘をついてたとわかったら、刑務所にいる千野吾郎にひとみさんを寝盗ったことを教えるぞ」

時任は言った。内藤が驚きの声をあげた。録音音声はまだ響いていた。

「千野は妻のひとみさんが寝盗られたことを知ったら、手下たちにおたくをまず始末させるだろうな。それから、不倫に走った妻も嬲《なぶ》り殺しにさせるにちがいない。おたくと千野ひとみさんは殺されても仕方がないことをしたんだから」

「千野吾郎に告げ口をするのはやめてくれ。まだ死にたくない。ひとみだって同じだと思うよ。本当におれは、深沢の事件には絡んでないんだ。それだけは信じてくれないか」

「加害者に心当たりは？」

「具体的に誰とは言えないが、『フェニックス・コーポレーション』はかなり汚い手を使ってチェーン店を増やしてきた。深沢に営業妨害されて飲食店を畳んでしまった元オーナーたちの大半は、故人を恨んでたんじゃないのかな。深沢を殺したいと思ってた者は何人かいただろう」

「そうかもしれないな。『平生ミート』の社長から十万で譲渡された『フェニックス・コーポレーション』の二万株はどうする気なんだ？」

「タイミングを計って、二万株とも売るよ。明美に手切れ金代わりにまとまった臨時収入を渡してやりたいからな」

「自分も少し甘い汁を吸いたかったんで、プレミアムを付けて二万株を深沢に引き取らせる気だったんだろうが！」

「そのつもりだったんだが、深沢が引き取りを拒んだんで、自分の欲は捨てたんだよ。深沢にいいように振り回された明美の再出発の支度金を捻出《ねんしゅつ》できれば、それでいいと考えるようになったんだ」

「そうか」

時任は口を結んだ。いつの間にか、録音音声は熄《や》んでいた。

「おれは『平生ミート』の社長から、『フェニックス・コーポレーション』の二万株を奪ったんじゃない。十万円で譲り受けたんだ」

内藤が弁解した。

「だから、恐喝罪で立件することは難しい？」

「立件はできないと思うがな」

「立件可能だよ。そのうち、別の刑事たちに任意同行を求められることになるだろう。覚悟しておくんだな」

時任はＩＣレコーダーを摑み上げ、すっくと立ち上がった。

2

見通しは悪くない。

時任はエルグランドのフロントガラス越しに、三宿にあるレストラン『プロヴァンス』の出入口に視線を注いでいた。午後十時過ぎだった。

店の厨房《ちゅうぼう》では、老沼修斗が皿洗いにいそしんでいるだろう。元カフェ経営者の顔写真は、理事官にポリスモードに送信してもらっていた。本庁の運転免許本部に保管されている個人情報を流してくれたのである。

寺尾理沙から時任に連絡があったのは、およそ一時間前だった。彼女は老沼の両親に探りを入れただけではなく、潰れたカフェの元従業員たちにも会ってくれていた。

理沙の調べで、老沼が深沢耕平を強く恨んでいたことが明らかになった。リベットガンを手に入れたのは、深沢を殺《あや》めるためだったのだろうか。

時任は午後七時前に老沼が勤めている運送会社を訪ねた。しかし、すでに老沼は帰宅していた。

時任は、老沼の上司や同僚にそれとなく探りを入れてみた。だが、老沼が『フェニックス・コーポレーション』の社長のことを話題にしたことは一度もないという話だった。

老沼の職場での評判は悪くなかった。重い寝具や冷蔵庫を率先して運んでいるらしい。アルバイトの大学生たちには優しく接しているようだ。

老沼は周囲の者に善人と思われるよう意図的に振る舞いながら、深沢に対する殺意を募《つの》らせていたのか。そして、鋲打ち銃《リベットガン》をネットで購入したのだろうか。

リベットガンを持ち歩いていると、どうしても人目につく。そんなことで犯行計画を変え、被害者宅の居間にあった青銅の壺を凶器にしたのか。

そうも推測できるが、被害者のペニスを切断したとは考えにくい。女性の犯行に見せかけたかったとしても、憎んでいる同性の性器に触れるだろうか。生理的な嫌悪感を覚えるにちがいない。手袋を嵌《は》めても、決して触れたくないだろう。

そのことだけを考えると、女性による犯行とも思えてくる。しかし、細腕で重みのあるブロンズの壺を何度も振り下ろせるものか。口紅を使った太腿の落書きも、わざとらしさを拭えない。

時任はセブンスターをくわえた。

運送会社から三宿にある老沼宅に回ったが、捜査対象者はアルバイト先に向かっていた。『プロヴァンス』は、老沼宅から三百メートルほど離れた所にある。

店は三宿通りに面していた。フランスの家庭料理を売りものにしているようだった。時任は夕食を摂《と》ってから、『プロヴァンス』の近くで張り込みはじめた。皿洗いのアルバイトは、午後十一時に終わるはずだ。

一服し終えたとき、理沙から電話がかかってきた。

「いま伯父の剣持勇《けんもちいさむ》の家にいるんだけど、ちょっと気になる話を聞いたの。で、時任さんに教えておいたほうがいいと思ったのよ」

「伯父貴《おじき》から、どんな話を聞いたんだ？」

「二年近く前に深沢に営業妨害されて廃業に追い込まれた居酒屋の元オーナーが、五十万円で代理殺人を請け負ってくれる不法滞在の外国人を探してたんですって」

「その元オーナーのことをもっと詳しく教えてくれないか」

時任は頼んだ。

「居酒屋のオーナーだったのは小田切達己《おだぎりたつみ》という名で、現在、四十三歳らしいわ。店を潰してからはアルバイトで喰いつないでるそうよ」

「そうか。小田切という奴は、自分の店を潰した深沢を始末してくれる不良外国人を探してたわけだな？」

「そうみたいよ。でも、わずか五十万の成功報酬で殺人を請け負ってくれる不法滞在者はいなかったんでしょうね。小田切は広域暴力団の二次団体の準構成員たちに代理殺人を引き受けてくれないかと片端から打診してたらしいの」

「おまえさんの伯父貴の組の準構成員も声をかけられたんだな？」

「うん、そうなんだって。でも、五十万で人殺しを請け負ってくれる者はどこにもいなかったようよ。ま、当然よね。成功報酬が安すぎるもの」

「そうだな」

「リベットガンを買った老沼修斗も怪しいけど、小田切って元居酒屋店主もちょっと臭いんじゃない？　代理殺人を引き受けてくれる人間がいなかったので、自分の手を汚す気になったとも考えられるでしょ？」

理沙が言った。

「その小田切って男の塒《ねぐら》はどこにあるんだい？」

「伯父も、そこまでは知らなかったわ」

「そう。いま、おれは老沼がバイトをやってるレストランの近くで張り込んでるんだ。老沼が店から出てきたら、声《バン》をかけてみるよ」

「リベットガンのことで、老沼修斗を揺さぶってみるのね？」

「そうするつもりだ」

「時任さんだけで大丈夫？　なんなら、わたしもそっちに行くわよ」

「心配ないって。相手は堅気なんだ。仮にスポーツバッグか何かの中にリベットガンを入れてたとしても、おれは丸腰じゃない。ひとりで平気だって」

「そういうことなら、下北沢《しもきたざわ》の自宅マンションに帰るわ」

「お疲れさま！」

時任は電話を切った。ふたたび『プロヴァンス』の出入口を注視しはじめる。

桐山理事官から電話がかかってきたのは数十分後だった。

「ようやく『平生ミート』の社長が内藤に脅迫されて、『フェニックス・コーポレーション』の持ち株、二万株を安く買い叩かれたことを認めたそうだよ」

「なら、内藤は恐喝容疑で明日にも逮捕されるんですね？」

「そうなるだろう。内藤は従妹の娘の松浦明美が深沢に長いこと玩具《おもちゃ》にされてたことに立腹し、決着《オトシマエ》をつけさせたかったにちがいない。しかし、やり方がまずかったな」

「そうですね」

「それにしても、内藤は大物やくざの若い妻を寝盗《ねと》ったんだから、命知らずだな。千野が仮出所したら、どうなるのか。警察が不倫のことをわざわざ千野に教えることはなくても、いずれ内藤とひとみが不倫してたことはバレるだろう」

「おそらくね。内藤はともかく、ひとみには夫に何かされる前に姿をくらましてほしいな」

「わたしも、そう思うよ。それはそうと、まだ老沼は皿洗いのバイトをしてるんだね？」

「ええ。老沼がバイト先から出てきたら、リベットガンのことを追及してみます」

「ああ、そうしてくれないか。老沼は深沢を強く恨んでたようだから、被害者宅の裏庭に侵入して犯行に及んだのかもしれないな」

「まだ断定的なことは言えませんが、老沼に怪しい点はありますね」

「充分に疑わしいよ。老沼は深沢に営業妨害されていなければ、いまもカフェのオーナーでいられただろう」

「そうでしょうね」

「店を潰されたんだから、『フェニックス・コーポレーション』の社長の命を奪いたくもなるだろう。殺人は許されることじゃないが、老沼の悔しさはわかるよ」

「ええ、そうですね。理事官、未確認情報なんですが、元居酒屋のオーナーも深沢を恨んでたようなんです」

時任は、小田切達己について詳しく喋った。

「その男は、五十万の報酬で深沢を始末してくれる実行犯を懸命に探してたのか。代理殺人を引き受ける者がいなかったんで、小田切自身が深沢耕平を殺害した疑いがあるな」

「しかし、廃業に追い込まれたことは腹立たしいでしょうが、営業妨害を指示した深沢を抹殺する気になるでしょうか。借金をして店を持った者は廃業後も負債に悩まされることになります」

「そうだね。借金の額が大きかったら、絶望的な気持ちになるだろう。しかしそれで逆に、憎い深沢と刺し違えてもいいと思うかもしれないよ」

「そういう気になりますかね。先行きに希望がないからといって、深沢を殺すでしょうか。

一時は悔しさが消えるでしょうが、殺人の代償は小さくないでしょ？」

「そうだね。人を殺した段階で、人生は終わったも同然だろう」

「負債を返すのは大変でしょうが、いつかピンチを脱することができるかもしれません。しかし、殺人犯になったら、人生をリセットするのは難しくなります」

「そうだね。深沢の営業妨害で経営してた飲食店を潰された元オーナーたちが報復殺人に走ったら、そこで何もかも終わりだ。そう考えると、元飲食店オーナーたちを捜査対象者にするのは時間の無駄《ロス》なんだろうか。時任君、どう思う？」

「時間の無駄ではないでしょうが、あまり期待しないほうがいい気がします」

「深沢は十二年前の秋にレイプ未遂事件を起こし、その後、松浦明美を犯して長いことＳＭプレイの相手にさせていた。これまでの捜査では明美と同じような目に遭《あ》わされた女性は確認できていないが、ほかにも同様の犠牲者がいたんだろうか」

「いたのかもしれませんよ。その犠牲者が第三者に深沢を片づけさせたという推測も可能でしょう」

「担当管理官に深沢の女性関係を改めて洗い直すよう指示するよ」

桐山理事官が通話を切り上げた。

時任は刑事用携帯電話《ポリスモード》を懐に戻し、上体を背凭《せもた》れに預けた。辛抱強く老沼を待ちつづける。

元カフェ経営者が『プロヴァンス』から現われたのは十一時を数分過ぎたころだった。

時任は静かにエルグランドから降り、大股で老沼に近づいた。老沼がぎょっとし、すぐに立ち止まる。

「びっくりさせて申し訳ない。警視庁の者なんですが、老沼修斗さんですよね？」

時任は確かめた。

「そ、そうです。あのう、刑事さんは二人一組で捜査活動をしてるんでしょう？」

「偽刑事と思われてしまったか。通常はコンビで聞き込みをしてるんですが、こっちは捜査本部の支援要員なんですよ。先月七日に『フェニックス・コーポレーション』の深沢社長が自宅で撲殺されたでしょ？」

「その事件なら、知っています。すみませんけど、警察手帳を見せていただけますか」

老沼が遠慮がちに言った。

時任は上着の内ポケットからＦＢＩ型の警察手帳を抓《つま》み出した。黒に見えるが、濃いチョコレート色だ。時任は、いつものように所属セクションを巧《たく》みに指で隠した。

「老沼さんが経営していたカフェは半グレたちの営業妨害のせいで、商売ができなくなった。そいつらを雇って営業妨害したのは、『フェニックス・コーポレーション』のトップだった。そうだったんでしょ？」

「ええ、そうです」

「老沼さんはカフェを畳んでからは引っ越し専門の運送会社で働き、夜は『プロヴァンス』で皿洗いのバイトをしている。ダブルワークをしないと、負債の返済を滞《とどこお》らせてしまうからなんだろうな」

「そうです。深沢は自分の会社のチェーン店に適している飲食店があると、露骨な営業妨害をして、商売できなくさせてたんですよ。半グレたちの溜まり場にさせ、客や店の従業員に因縁をつけさせてたんです。わざとコーヒーカップや観葉植物の鉢をフロアに落としたり、ウェイトレスのスカートを捲《めく》って下品な笑いを高く響かせてたんですよ」

「子供じみた厭《いや》がらせだが、客は怖がって店には寄りつかなくなるだろうな」

「そうなんですよ。そんな連中に入り侵《びた》られたら、ほとんど客なんか来ません。ぼくは調査会社に頼んで、厭がらせを繰り返している奴らを雇ったのが深沢だと突きとめてもらったんです」

「もちろん、抗議したんでしょ？」

「当然、弁護士を介して『フェニックス・コーポレーション』を刑事告訴すると通告しましたよ。そしたら、先方は顧問弁護士を通じて受けて立つと宣告してきたんです」

「どちらも和解案は提示しなかったのか」

「はい、その通りです。双方が譲歩しないままに時間がいたずらに流れて、わたしの店は半年以上も大幅な赤字でした。V字回復は望めないと判断したので、泣く泣く店を閉めたんですよ」

「親の家を担保にして、開業資金を工面したんでしょ？」

「よくご存じですね。驚きました」

「警察は調べることが仕事なんでね。銀行からは、どのくらい借り受けたのかな？」

「三千二百万円です。開店してすぐに黒字にするのは難しいでしょうから、向こう半年ぐらいの運転資金に充《あ》てるつもりで少し多めに借金したんですよ。ようやく軌道に乗ったと喜んだ矢先、深沢に雇われた悪党《ワル》どもが店にやってきて……」

老沼が溜息をついた。

「経営そのものに問題があったわけじゃなかったんだから、店を畳むときに悔しかっただろうな」

「そりゃ、悔しかったですよ。『フェニックス・コーポレーション』のチェーン店にガソリンをぶっかけて、火を放ってやろうとも半《なか》ば本気で思いました。だけど、チェーン店はどこもテナントです。ビルのオーナーに迷惑をかけることはできませんでしょ？」

「それはそうだね。で、深沢耕平を殺す気になってネットで鋲打ち銃《リベットガン》を買ったわけか」

「リベットガンのことまで知ってるんですか!?」

「さっき言ったでしょ、警察は調べることが仕事だって」

「忘れていませんよ。それにしても、驚きました。確かにネットでリベットガンを購入しましたけど、ぼくは深沢を殺す気なんかありませんでした。ある人物に頼まれてリベットガンを代わりに買ってやっただけなんです」

「どうせなら、もっと上手に嘘をつきなよ」

時任は、せせら笑った。

「本当の話なんです。嘘なんかじゃありません。信じてください」

「誰に頼まれてリベットガンを買ったのか教えてくれたら、そっちの話を信じよう」

「ぼくと同じように営業妨害されて高円寺《こうえんじ》の居酒屋を潰された方に頼まれたんです」

「そいつの名前は？」

「言えません」

「どうしてなんだ？」

「ぼくはリベットガンを代わりに買ってあげただけで、十万円も謝礼を貰ったんです。ピンチだったときに、それだけの臨時収入はありがたかったんですよ」

「そうだろうな」

「だから、その方を裏切るようなことはできません」

「もっともらしいことを言っているが、そっちにリベットガンを買ってくれないかと頼んだ人間は実在しないんじゃないのか。え？　参考までに質問するんだが、十月七日の夜、そっちはどこにいた？」

「その日は深沢が殺されたんじゃなかったかな」

「そう」

「ぼ、ぼくが『フェニックス・コーポレーション』の社長を殺したと疑ってるんですか⁉」

「そんなことより、アリバイはあるのか？」

「ええ、あります。『プロヴァンス』で午後七時半から十一時ごろまでバイトをこなして、歩いて家に帰りましたよ。父母と雑談して、午前零時前に自分の部屋に引き揚げました」

「供述通りなら、そっちにはアリバイがあるわけだ。しかし、身内の証言はあまり効力がないんだよ。口裏を合わせてもらった疑いもあるんでね」

「そんな！　親に口裏を合わせてくれと頼んだことなんてありませんよ」

「これは仮定の話だから、怒らないで聞いてほしいんだ。事件当夜、そっちが午後十一時ごろに『プロヴァンス』を出てタクシーで深沢宅に行けば、被害者を撲殺することは可能だろう。死亡推定時刻は午後十時から午前零時の間とされている。時間的には、ぎりぎり間に合うはずだ」

「やめてくださいよ。その晩、ぼくはバイト先からまっすぐ自宅に戻りました。事件現場にぼくの遺留品があったとでも言うんですかっ」

「いや、そういった物は何も発見されていない。しかし、アリバイ工作をしてたとしたら、犯行は可能だろうね。変に隠し事をしてると、そっちは疑われたままだよ。誰に頼まれてリベットガンを買ったんだ？」

「負けました。教えますよ。高円寺駅の近くで居酒屋を経営してた小田切達己さんです」

「小田切だって⁉」

「ええ、そうです。小田切さんは深沢を憎んでたんですよ。『フェニックス・コーポレーション』本社の近くで待ち伏せて、深沢に何か仕返しをする気でいたみたいですね。まったく面識はなかったんですが、小田切さんはわたしがカフェを畳まざるを得なかった経緯を調べたようで、自分と一緒に報復しないかと話を持ちかけてきたんです」

「しかし、そっちは誘いを断ったわけか」

「ええ、そうです。小田切さんは納得してくれましたけど、ぼくにネットで鋲打ち銃《リベットガン》を買ってくれと言ったんですよ。謝礼に十万円くれるというんで、ぼくはリベットガンを買って小田切さんのアパートに届けました」

「小田切の自宅アパートは、どこにあるのかな?」

「杉並区高円寺北二丁目にある『ハイム高円寺』という軽量鉄骨のアパートです。小田切さんの部屋は一階の奥の一〇五号室ですよ。確証があるわけではありませんけど、『フェニックス・コーポレーション』の深沢社長を殺したのは、小田切さんなのかもしれませんね。彼は深沢のような人間を生かしておいたら、世のためにならないと何度も言ってましたので」

「引き留めて悪かったね。もう結構です」

時任は老沼に背を向け、エルグランドに乗り込んだ。シフトレバーをD《ドライブ》レンジに入れ、高円寺に向かう。

小田切の自宅アパートを見つけたのは、およそ三十分後だった。

時任はエルグランドを路上に駐め、一〇五号室に近づいた。部屋は真っ暗だ。どうやら小田切は外出しているらしい。

時任は車の中に戻った。徹夜で張り込むつもりだった。

3

東の空が明るみはじめた。

時任は睡魔と闘いながら、張り込みつづけた。しかし、小田切達己はついに帰宅しなかった。深沢殺しに関与しているから、高飛びする気になったのか。それとも、単に旅に出たのだろうか。

このまま張り込みを続行しても、小田切はすぐには自宅アパートには戻ってこない気がする。刑事の勘だった。いったん張り込みを中断したほうがよさそうだ。

時任は重い瞼《まぶた》を擦《こす》り、エルグランドを発進させた。

恵比寿の自宅マンションに帰りつくと、そのままベッドに身を横たえた。三分も経たないうちに寝入った。

だが、午前九時過ぎには眠りを破られた。サイドテーブルの上に置いてある刑事用携帯電話《ポリスモード》が着信音を発したのだ。電話をかけてきたのは桐山理事官だった。

時任は跳《は》ね起き、ポリスモードを耳に当てた。

「何かあったんですね」

「深沢の息子の雄太が母親の実家を出て大岡山駅に向かっている途中、レンタカーのプリウスに乗せられて連れ去られた」

「拉致犯は複数人なんですか？」

「いや、単独犯らしい。白いプリウスを借りたのは、小田切達己と判明したそうだ。複数の通行人がレンタカーのナンバーを覚えていたので、車の借り主を割り出せたんだよ。所轄署は営利誘拐《えいりゆうかい》と見て、井本宅に急行したそうだ。犯人からの連絡があると読んだんだろう」

「誘拐犯から、雄太の母親か祖父母に身代金の要求はあったんですか？」

「まだ犯人からの要求はないらしい。深沢雄太を連れ去ったのは、小田切と見て間違いないだろう。目撃者たちの証言によると、雄太の両手を結束《けっそく》バンドで縛ってプリウスの助手席に押し込んだのは四十二、三歳の男だったらしいからね」

「おそらく小田切自身が犯行《ヤマ》を踏んだんでしょう。人質の父親の深沢は小田切の居酒屋の営業妨害をして、廃業に追い込んでます」

「店を潰された恨みがあるんで、小田切は老沼修斗にリベットガンをネットで購入してもらって、『フェニックス・コーポレーション』の社長の全身に鋲《リベット》を浴びせる気でいたんじゃないのかね？」

「そうだったのかもしれません。しかし、その計画は頓挫《とんざ》してしまった。だから、深沢の息子を誘拐して多額の身代金を母親か祖父母に要求する気になったんでしょう」

「所轄署の手に負えない事件《ヤマ》だろうから、本庁《うち》の『ＳＡＴ《サット》（特殊急襲部隊）』を出動させることになると思う。時任君、きみは人質の監禁場所を突きとめてくれないか。人質の保護を最優先し、できることなら、被疑者の身柄《ガラ》も確保してもらいたいな」

「ベストを尽くします。犯人は土地鑑《とちかん》のある場所に人質を監禁し、おそらく母親の深沢瑞穂に身代金を要求する気でいるんでしょう」

「だろうね。小田切は栃木県那須塩原市《なすしおばら》の出身なんだ。実家は黒磯《くろいそ》にある。生家には両親と兄一家が同居しているようだ。小田切は年に一、二回しか帰省してないみたいだね。レンタカーのプリウスが北区《きた》内に入ったことはNシステム（自動車ナンバー自動読取装置）で確認された。やはり、郷里に向かう気なんだろう」

「そうなんでしょうね」

「何か動きがあったら、すぐに情報を流す。きみは自宅で待機しててくれないか」

桐山が電話を切った。

時任はベッドを離れ、洗面を済ませた。ブラックコーヒーを飲んで眠気を吹っ飛ばし、煙草をたてつづけに二本喫《す》う。頭がはっきりとしてきた。

それから間もなく、ふたたび桐山理事官から電話がかかってきた。

「小田切が運転していると思われるプリウスは北区内に留《とど》まったままなんだ。おそらく別の車に乗り換えて、栃木方面に向かったと思われる」

「そうなんでしょう。小田切が別のレンタカーを借りて、プリウスを北区内に放置したという裏付《ウラ》けは取れたんですか？」

「それは未確認なんだ。誰か共犯者がいるんだろうか」

「そうなのかもしれませんね。あるいは、小田切は単独犯で予《あらかじ》め用意しておいた盗難車に乗り換えたんでしょうか。いや、そうだったとしたら、最初っから盗難車を使うだろうな。おそらく共犯者の車に小田切は人質と一緒に乗り込んだんでしょう」

「そう考えるべきかな。どんな奴が共犯者だと思う？」

「深沢に営業妨害されて飲食店を潰された人間が怪しいですね」

時任は答えた。

「そうだね。そうした人間をすぐに担当管理官に調べさせよう。あっ、担当管理官が警察電話《ケイデン》をかけてきた」

「いったん電話を切りましょうか」

「そうしてくれないか。後で電話する」

理事官が通話を切り上げた。時任は残りのコーヒーを飲み、セブンスターを一本喫った。短くなった煙草の火を消していると、またもや桐山が電話をかけてきた。

「少し前に誘拐犯が深沢瑞穂のスマートフォンに連絡してきて、身代金五千万円を午後三時までに用意して大岡山の実家で待機していろと告げ、すぐに電話を切ったらしい」

「小田切は名乗らなかったんですね？」

「ああ、名乗らなかったようだ。身代金の受け渡し場所は改めて指定すると言ったそうだよ。残念ながら、逆探知で発信場所は割り出せなかったらしいんだ」

「そうですか。それで、五千万円は用意できるんですかね？」

「三つの銀行から預金を引き出して、午後一時までに金は届けてもらうことになっているそうだよ。身代金は人質の母親に運ばせる気らしい」

「所轄署の捜査員たちは母親瑞穂の車を尾《つ》け、身代金の受け渡し場所には刑事も張り込ませるんでしょうね」

「当然、そうするだろう。『ＳＡＴ』のメンバーにも出動してもらうことになりそうだ」

「犯人は、そのことを予想しているはずです。身代金の受け渡し場所にのこのこと現われるでしょうか」

「逮捕される危険はあるが、誘拐犯は人質を取っている。雄太君を楯《たて》にされたら、警察は強引なことはできなくなる。身代金は犯人側に渡さざるを得ないんじゃないか」

「ええ、それはね。しかし、身代金を手に入れたら、どうやって追っ手を振り切るつもりなんでしょう？」

「どこかにパラ・プレーンを用意しておいて、その軽便飛行遊具で逃げる気なんじゃないだろうか。五千万円の札束は五キロの重さになると思うが、それぐらいならば、パラ・プレーンは重量オーバーにならないと思うよ。体重八十キロ程度の人間は運ぶことができるんだろう。ヘリコプターと違って、パラ・プレーンなら、広い道路や空き地に舞い降りることもできる。着陸したら、用意しておいた車に身代金を積んで逃走する段取りなんだと思うよ」

「パラ・プレーンを使えば、捜査車輌やヘリの追跡は躱《かわ》せるかもしれませんね。ただし、パラ・プレーンを上手に操《あやつ》れなければ、それは難しいでしょう」

「ま、そうだろうな」

「元居酒屋のオーナーはパラ・プレーンを巧《たく》みに操縦できるんでしょうか」

「そう言われると、筋読みが揺らぐね」

「理事官、小田切は悪知恵を絞ったんではありませんか？」

時任は言った。

「悪知恵を絞った？」

「ええ。人質の母親を身代金の運び役に指定すれば、捜査当局は受け渡し場所を固める気になりますよね？」

「そうだな。運び役から目が離せないだろう」

「犯人は身代金の受け渡し場所を指定しても、そこで五千万円を手にする気はないのではないでしょうか。陽動作戦で警察の目を逸《そ》らしておいて、別の場所で身代金を受け取ろうとしてるのかもしれませんよ」

「そういうことも考えられなくはないか。ああ、ありうるかもしれない。誘拐犯は身代金を誰に運ばせる気なんだろうか。瑞穂の弟の井本健を指定するのかね」

「人質の叔父を運び役に選んだら、犯人に歯向かう恐れがあるでしょう」

「そうだね。ならば血の繋がりのない人間を運び役に指定するか」

「ええ、多分」

「いったい、誰を運び役に選ぶだろうか」

「『フェニックス・コーポレーション』の尾形専務あたりを選びそうですね。社長の深沢が亡くなってから、会社を取り仕切ってるのは尾形でしょう。瑞穂は自分が新社長になったら、尾形を新ポストの副社長に就《つ》かせる気でいます」

「そういう話だったね」

「会社の実務を仕切ってる尾形なら、内部留保から身代金を出すことも可能でしょう」

「そうだろうな」

「理事官、自宅で待機してて犯人に裏をかかれたら、まんまと身代金が敵の手に渡ってしまうかもしれません。南青山の会社の近くで待機したほうがいいと思うのですが、いかがでしょう？」

「そうだね。そうしてもらおうか」

「では、間もなく『フェニックス・コーポレーション』の本社に向かいます」

「わかった。そちらで待機しててくれないか」

理事官が電話を切った。

時任は身仕度をすると、急いで部屋を出た。マンションの専用駐車場に急ぎ、エルグランドに乗り込む。時任は近くのコンビニエンスストアで食べるものと数種のソフトドリンクを買い、南青山に向かった。数十分で、目的地に着いた。

時任は車を『フェニックス・コーポレーション』近くの路上に駐《と》め、偽電話で尾形専務が社内にいることを確認した。自分の勘が当たっているかどうかはわからない。しかし、誘拐事件で犯人が裏をかくケースは過去に幾つかあった。

時任は尾形専務が動きだすのを待ちつづけた。待つ時間はやたらと長く感じられた。

元刑事の品田から電話がかかってきたのは、午前十一時過ぎだった。

「係長《ハンチヨウ》、その後、何か捜査に進展があったのかな?」

「意外な展開になったんですよ」

時任は、深沢雄太が誘拐されたことをつぶさに話した。

「小田切達己という元居酒屋店主が誘拐犯だろうな。しかし、係長《ハンチヨウ》が言ったようにミスリード臭いね。身代金を人質の母親にどこかに運べと指示しても、犯人は五千万を受け取りには行く気はないんだろう」

「別の運び役を選んで……」

「まったく違う場所に身代金を届けさせる気なんだと思うよ。橋の上から身代金を川か河原に落とさせても、そういう手はもう警察に読まれてるからな」

「ええ」

「係長《ハンチヨウ》は尾形専務が運び役に選ばれるのではないかと予想したが、チェーン店の店長あたりが指名される可能性もあるね。そのほうが警察に覚《さと》られにくいからな」

「さすがだな。おやっさんの読みのほうが正しいのかもしれません」

「わたしの筋読み通りだとしても、チェーン店の店長はたくさんいる。絞り込むのは難しいな」

「そうですね」

「会社の内部留保から身代金を出すとしたら、専務自身が動くにちがいない。チェーン店の店長の誰かが運び役を指名されたとしても、尾形専務から身代金を受け取らなきゃならないだろう。専務の動きを探ることは間違ってないと思うよ」

「おやっさんにそう言ってもらえると、なんか心強いな」

「敏腕刑事が何をおっしゃる。あんまり謙虚なのも、厭味《いやみ》になるんじゃないのか。それはともかく、わたしに手伝えることがあったら……」

「そのうち力を借りることになりそうですが、いまは単独でなんとかなりそうです」

「そう。係長《ハンチョウ》、油断は禁物だよ。捨て身になった堅気は追いつめられたとき、とんでもない暴挙に出たりするからな」

品田が静かに電話を切った。

正午を過ぎてから、時任は調理パンを頬張りはじめた。缶コーヒーを飲みながら、三種類の調理パンを平らげる。

桐山から瑞穂の実家に五千万円の身代金が届けられたという電話がかかってきたのは、午後一時半を回ったころだった。それから三十分ほど経過したとき、また理事官から連絡があった。

「たったいま、犯人から人質の母親に電話があって、身代金を車に積んで東北《とうほく》自動車道の下り線に入れという指示があったそうだ」

「瑞穂はもう間もなく大岡山の実家を出発するんですね？」

「車は赤いアウディだというから、追尾《ついび》の捜査員たちが車を見失うことはないだろう」

「そうでしょうね。身代金の受け渡し場所はまだ告げてこないんでしょ？」

「鹿沼IC《かぬまインター》を通過するまでハイウェイを突っ走れという指示だったらしい」

「人質は無事なんでしょうかね」

「誘拐犯は雄太君に電話で母親と短い会話をさせたそうだよ。涙声だったらしいが、人質はしっかりとした受け答えをしたという話だったね」

「そうですか。人質が無事なんで、ひとまず安心しました」

「わたしもだよ」

「捜査員たちは警察車輛だけで、瑞穂の車を追うんでしょうか」

「アウディの前後にはレンタカーを走らせ、その後続に数台の捜査車輛を配置させて追尾を続行させるそうだ」

「それなら、犯人にバレないかもしれませんね。しかし、陽動作戦なら、そうした苦労も意味がなくなってしまいます」

「そうだね。尾形専務は本社ビルから一歩も出てこないのか？」

「ええ。しかし、そのうちに動きはじめるかもしれません。腰を据《す》えて粘《ねば》ってみます」

時任はポリスモードを所定のポケットに戻した。

それから数分後、私物のスマートフォンが震えだした。時任は懐からスマートフォンを摑み出し、ディスプレイに目をやった。

発信者は寺尾理沙だった。

「警察は発表を控えてるらしいけど、深沢耕平の息子が何者かに登校前に誘拐されたんだって？」

「そうなんだ」

「被疑者《マルヒ》に見当はついてるの？」

「元居酒屋オーナーの小田切達己の犯行《ヤマ》だと思うよ。小田切は高円寺で居酒屋をやってたのを、深沢に営業妨害されて廃業に追い込まれてしまったと言ってただろう？」

「小田切の空き店舗に立ち喰いのイタリアンレストランがオープンしたのよね？」

「ビンゴだよ。『フェニックス・コーポレーション』はそうやって立地条件のいい飲食店を次々に廃業に追い込んで、自分らのチェーン店を増やした」

「汚い手を使って、チェーン店を増やしてきたのよね。急成長した新興企業の多くは程度の差こそあっても、ダーティーな手段でのし上がったと言ってもいいんじゃない？」

「かもしれないな」

「『フェニックス・コーポレーション』は、やくざ者よりも悪質なことをしてるんじゃない？　店を潰された元オーナーたちは深沢社長を殺してやりたいと思ってたんじゃないのかしら？」

「本気で、そうしたいと思っていた者もいただろうな。小田切はリベットガンの鋲を深沢の全身に浴びせるつもりで、元カフェ経営者の老沼に十万円の謝礼を払って自分の代わりにリベットガンをネットで買ってもらってたよな」

「自分でリベットガンを購入したら、深沢に危害を加えたときにすぐ怪しまれるからなんでしょう？」

「そういうことなんだろうな。元カフェ経営者の老沼は濡衣を着せられることを知りつつも、十万円の謝礼が欲しかったので……」

「リベットガンを購入して、小田切って男に渡したのね」

「老沼という奴は、そう言ってた」

「そう。先月七日に撲殺された深沢耕平は、根っからの悪人なんだと思う。女を力ずくでレイプして、変態プレイの相手をさせてたんでしょ？」

「ああ。結婚を餌にして体を弄《もてあそ》んだ女たちの数も十本の指では足りないようだ」

「女をなんだと思ってるのかしらっ。そういう男は性器を切断されて当然だわ。でも、犯人は女性じゃないみたいなのよね？」

「そうなんだよ。犯行の手口がいかにも作為的だから、おそらく深沢を殺害したのは男だろうと」

「何軒もの飲食店の営業を妨害して廃業させて、その後、自分の会社のチェーン店をオープンさせてきたでしょ？」

「そう」

「時任さん、やっぱり犯人は店を潰された元オーナーたちの中のひとりなんだと思うわ。小田切が最も怪しいんじゃない？　リベットガンで殺すチャンスがなかったんで、被害者宅に押し入って壺で撲殺したのかもしれないわよ」

「その上、息子を誘拐して多額の身代金を要求した？」

「ええ、そうなんじゃない」

「小田切が『フェニックス・コーポレーション』の深沢社長を恨んで殺意を燃やしてたことは確かだと思う。ただ、憎い相手を殺したうえ、遺族から多額の身代金もせしめようと考えるかな。いくらなんでも、凶悪すぎるよ。普通の人間は、そこまでやらないんじゃないか？」

時任は言った。

「冷酷な人間なら、どっちもやってしまうでしょ？」

「仮に小田切が深沢を殺《や》ったんだとしたら、それで仕返しは済んでるはずだ。深沢の息子を誘拐して、身代金までいただこうとは考えないんじゃないか。そうだとしたら、冷血で、強欲すぎるよ。小田切は深沢を殺してないんだろう。だから、雄太という息子を人質に取って母親に身代金を要求したんじゃないか。おれは、別の人間が深沢を撲殺したんではないかと推測してるんだ。小田切は殺人犯に見当がついてるんじゃないのかな。そんな気がしてるんで、人質を保護したら、小田切に迫ってみたいんだよ」

「わたし、何か手伝うわ」

理沙が申し出た。

「差し当たって、おまえさんに頼みたいことはないな」

「尾形専務をリレー尾行したほうがバレにくいんじゃない？」

「せっかくだが、もう少し単独で潜行捜査したいんだ。悪いな。気持ちは嬉しいよ」

時任は理沙を犒《ねぎら》って、通話を切り上げた。

4

何も動きはない。

もう間もなく午後九時半になる。勘は外れてしまったのか。

時任は溜息をついた。そのすぐ後、桐山から電話がかかってきた。

「犯人は深沢瑞穂を那須高原ＳＡ《サービスエリア》に待機させたままで、身代金を受け取りに現われないそうだ」

「ＳＡで待機してから二時間近く経ってますよね？」

「そうだな。きみが言ったように、犯人側の陽動作戦と判断してもいいだろう。栃木県内はもちろん、福島、宮城県内の全ＳＡとＩＣ付近には特殊犯捜査第一係と第四係を張りつかせているんだが、怪しい人物や不審車輌の目撃情報はまったく報告されてないんだよ」

「そうですか。やはり、誘拐犯はミスリードで捜査当局の目を逸《そ》らしたと考えるべきでしょうね」

時任は言った。

「尾形専務は、そのうち動くだろうか」

「ええ、多分」

「特殊犯捜査第四係のメンバーが何人か本庁に残っている。彼らをすぐに南青山に行かせよう」

「理事官、支援要員を送り込むのはもう少し待ってもらえませんか。『フェニックス・コーポレーション』の本社周辺には、誘拐犯の仲間がいるとも考えられますので」

「なるほど、そうだな。特殊犯捜査第四係のメンバーがそっちに行ったら、覚られてしまうかもしれないね」

「ええ。そうなら、犯人側は身代金を今夜受け取ることはやめると思います」

「だろうな。わかった、いま支援要員は動かさないことにするよ」

「そのほうがいいと思います」

「必要なときは、支援要員の出動要請をしてくれないか。いいね？」

桐山が電話を切った。時任はポリスモードを上着の内ポケットに戻した。

『フェニックス・コーポレーション』の本社の地下駐車場から黒いレクサスが走り出てきたのは、およそ十分後だった。

時任は視線を延ばした。ステアリングを捌《さば》いているのは尾形だった。同乗者はいない。

時任はレクサスが遠ざかってから、エルグランドを走らせはじめた。

レクサスは青山通りに出ると、そのまま直進して玉川通りを進んだ。東名《とうめい》高速道路に乗り入れるつもりなのか。

時任は常に数台の車を間に挟みながら、慎重に尾形の車を追った。専務が自宅に向かっていないことは明らかだ。しかし、まだ身代金を運んでいるのかどうかはわからない。

やがて、レクサスは瀬田《せた》交差点を左折して環八《かんぱち》通りに入った。ほどなく第三京浜に乗り入れた。深沢雄太は神奈川県内のどこかに監禁されているのかもしれない。時任はそう考えながら、レクサスを尾《つ》けつづけた。

尾形の車は第三京浜から横浜横須賀道路《よこはまよこすか》をたどり、衣笠《きぬがさ》から県道二十六号線に入った。陸上自衛隊駐屯地《ちゅうとんち》の脇を抜けて、小網代《こあじろ》方面に向かう。いつの間にか、車の量は少なくなっていた。

時任はたっぷりと車間距離を取りながら、レクサスを追った。

レクサスは京浜急行三崎口《みさきぐち》駅の少し先を右に曲がり、海側に向かった。道なりに進めば、小網代湾に達する。人質はクルーザーの船室《キャビン》に閉じ込められているのか。

時任は一瞬、そう思った。だが、誘拐犯がクルーザーを所有しているとは考えにくい。クルーザーを持っている知人がいるとも思えなかった。

雄太は民家か、マンションの一室に監禁されているのではないか。

レクサスは小網代湾の手前で右に曲がった。その先には、ちょっとした広場があった。周りは雑木林だった。

レクサスが広場のほぼ中央に駐まった。

ライトがハイビームに切り替えられた。光の先には一台の大型キャンピングカーがあった。

時任はエルグランドを暗がりに駐め、手早くライトを消した。エンジンも切る。

尾形がオープナーを使って、トランクリッドを開けた。すぐに運転席から出て、トランクルームからジュラルミンケースを取り出した。

かなり重そうだ。中身は身代金と思われる。時任はパワーウインドーのシールドを下げた。

尾形がトランクリッドを閉め、ジュラルミンケースを両手で持って車を回り込んだ。

ちょうどそのとき、キャンピングカーから四十二、三歳の男が降りた。リベットガンらしき物を抱えている。小田切だろう。

「おい、スモールランプに切り替えろ」

「わかったよ」

尾形が言われた通りにした。光度が絞られ、キャンピングカーの上半分は薄ぼんやりとしか見えなくなった。

「雄太君は無傷なんだな？」

「もうベッドで寝てるよ。喰いものと飲料水をちゃんと与えたから、一応、元気だ。時々、べそをかいてたがな」

「雄太君を連れてくるんだっ」

「先に一億円を拝ませろ。レクサスの前にジュラルミンケースを置いて、ゆっくりとロックを外せ。おかしなことしたら、おたくの体に鋲《リベット》を打ち込むぞ」

「身代金はちゃんと渡すよ。あんたは小田切さんだな？」

尾形が訊いた。

「なんでわかったんだ!?」

「社長が高円寺の繁昌してる居酒屋を狙ってたことは知ってた。それで、あんただと……」

「『フェニックス・コーポレーション』は、実にあくどいことをやってる。チェーン店に適していそうな飲食店を見つけると、そこを半グレたちの溜まり場にして営業妨害してたんだからな。おれが経営していた居酒屋は流行《はや》ってたんだ。しかし、客足が途絶《とだ》えて廃業に追い込まれた。深沢は空いた店舗をすぐに借りて、立ち喰いイタリアンレストランのチェーン店をオープンさせた」

「社長のやり方には問題があった。だから、会社の内部留保から一億円の身代金を払う気になったんだよ。それは、わたしの独断だったんだ。社長夫人はあんたの指示通りに五千万円を積んで、東北自動車道の那須高原ＳＡで待機してたんだが……」

「未亡人を栃木に向かわせたのは、警察の目を逸らすためだったのさ」

「やっぱり、そうだったか。そんな気がしてたんだ。夫人が運んだ五千万円は初めっから取るつもりはなかったってことだな？」

「そうだよ。早く金を見せてくれ」

小田切が急《せ》かした。

尾形がジュラルミンケースをレクサスの前まで運び、ロックを解いた。小田切がジュラルミンケースの中を覗き込む。

「いい眺めだな。会社には内部留保を現金で二、三億プールしてあるのか？」

「現金で保管してたのは一億数千万円だよ」

「そうか。帯封の掛かった一束は百万だな？」

「そうだよ。ちゃんと百束入ってる」

「開いた蓋《ふた》の上に一束ずつ積み上げるんだ」

「間違いなく百束あるよ。何度も数えた」

「いいから、おれの命令に従え！　一束でも足りなかったら、このリベットガンの引き金を絞るぞ」

「言われた通りにするよ」

尾形が地面に片膝を落とし、札束を蓋の上に重ねはじめた。

時任はそっと運転席のドアを開けた。車を降りたとき、尾形が小田切の両脚を掬《すく》い上げた。

虚を衝《つ》かれた小田切は尻餅をついた。すかさず尾形がリベットガンを奪い取った。

そのとき、闇の奥で人影が揺れた。尾形が呻いて、リベットガンを足許に落とした。尾形の右の二の腕には三本の釘が突き刺さっていた。

リベットガンを手にした三十代後半の男が小田切に駆け寄って、すぐに引き起こした。

「千葉《ちば》君、ありがとう。まさか尾形が反撃するとは思わなかったんだ」

「こんなことがあるかもしれないと思って、キャンピングカーの裏に隠れてたんですよ」

「そうか。きみが機転を利かせてくれたんで、助かったよ。ありがとう」

「どういたしまして。警察の者は近くにいないでしょうね？」

「ああ、いないと思うよ」

「きみは何者なんだ？」

尾形が右腕を押さえながら、千葉と呼ばれた男に声をかけた。

「おれは池袋《いけぶくろ》で一年半前までステーキハウスを経営してたんだよ。『フェニックス・コーポレーション』に営業妨害されたんで、店は潰れてしまった。名前は千葉慎次《しんじ》だよ」

「そうだったのか」

「深沢に店を潰された元飲食店オーナーが連係して『フェニックス・コーポレーション』に逆襲しようと呼びかけてみたんだが、同調してくれたのは小田切さんだけだった。おれたちは手始めに深沢の息子を誘拐して、一億円の身代金をせしめることにしたんだよ。さらに『フェニックス・コーポレーション』の不正の証拠を押さえて、いずれは倒産させるつもりさ」

「もしかしたら、二人のどちらかが深沢社長を殺したんじゃないのか？」

尾形が小田切に顔を向けた。

「どっちも深沢の事件には関わってないよ。殺すだけの値打ちもない男だったからな。誰が『フェニックス・コーポレーション』の社長を始末してくれたのかわからないが、おれも千葉君も喜んでるよ」

「本当に二人とも事件には絡んでないんだな？」

「くどいぞ。さて、おたくをどうするかな」

「小田切さん、そいつに鋲《リベット》と釘を打ち込んで殺してしまいましょうよ」

千葉が言った。

「おまえ、本気なのか⁉」

「ええ。おれたちが専務に一億円の身代金を持ってこさせたことは誰も知らないんです。尾形の口を塞いでしまえば、おれたちは永久に捕まることはないでしょう」

「そうだな。殺《や》っちまうか」

小田切がリベットガンを構えた。千葉も釘打ち銃《リベットガン》を胸の高さに掲《かか》げた。

「やめろ！　やめてくれーっ」

尾形が後ずさりはじめた。

時任はホルスターからシグP230Jを引き抜き、レクサスの前まで走った。

「警察だ」

「えっ」

小田切が千葉の顔を見てから、不意にリベットガンの引き金を絞った。

鋲《リベット》が吐き出された。時任は屈《かが》み込み、リベットを躱《かわ》した。拳銃のスライドを滑らせて、初弾を薬室に送り込む。

「くそっ」

千葉が釘打ち銃を作動させた。七、八センチの釘が連続して放たれる。リベットも飛んできた。

「伏せるんだ」

時任は尾形に命じ、夜空に向けて威嚇《いかく》射撃した。

銃声が轟《とどろ》く。小田切と千葉が顔を見合わせた。たじろいだ様子だ。

「観念しないと、二人とも脚を撃つぞ」

時任は銃口を小田切と千葉に交互に向けた。二人は、ほとんど同時に武器を投げ捨てた。

「両手を高く挙げてから、地べたに腹這《ば》いになれ」

「言われた通りにするから、撃たないでくれよ」

小田切が震え声で言い、地に這った。千葉が倣《なら》う。

時任は屈み込み、小田切の側頭部に拳銃の銃口を押し当てた。

「『フェニックス・コーポレーション』の社長の事件には本当に関与してないんだな？」

「タッチしてないよ。深沢が死んだ晩は東京にいなかったんだ。アリバイ調べをしてもらえば、わたしが殺人事件には関わっていないことがわかるはずだよ」

「千葉、そっちはどうなんだ？」

「おれも深沢の事件には絡んでないよ。殺したいと思ってた相手だが、まったく関与してない」

「店を潰された元オーナーの中に事件に絡んでそうな奴はいないか？」

「いないよ、そんな人間は」

千葉が即座に答えた。

時任はシグP230Ｊの安全装置を掛け、ホルスターに収めた。それから手錠を引き抜き、小田切と千葉の片方の手に嵌めた。

尾形が立ち上がった。

「ありがとうございました。あなたは会社の近くで張り込んでて、わたしの車を追尾してきたようですね」

「その通りです。誘拐犯が尾形専務から身代金を受け取るのではないかと推測したので、長いこと会社の斜め前で待ってたんですよ」

「そうですか。実は、警察の方にはずっと黙っていたことがあるんですよ」

「本当なんですか？」

「ええ。『黒百合《くろゆり》の会』という性犯罪被害者の家族で構成された秘密組織から八月の上旬に深沢社長宛に殺人予告メールが届いていたんです。いたずらメールだと思ったんで、社長には見せずに削除してしまいましたが……」

「その殺人予告メールはどこから？」

「新宿のネットカフェから送信されてきました。社長は十二年前の秋に性犯罪で逮捕され、服役しています。いま思えば、いたずらメールではなかったのかもしれませんね。ですんで、刑事さんには打ち明けるべきだと思ったわけです」

「そうですか。その組織のことは初めて耳にしましたが、実在するのだろうか。すぐに調べてみます」

「お願いします。雄太君のとこに行ってもかまいませんか？」

「ええ、どうぞ」

時任はうなずいた。

尾形がキャンピングカーに駆け寄って、車内に入った。すぐにルームランプが灯《とも》った。時任はポリスモードを取り出して、桐山理事官に連絡を取った。電話はツーコールで繋《つな》がった。

「誘拐事件には片をつけました。被疑者は小田切達己と千葉慎次です。千葉も経営していたステーキハウスを深沢に潰されて、捜査本部事件の被害者をだいぶ恨んでいたようです」

「その二人の身柄は確保してくれたんだね？」

「ええ。二人の手に手錠《ワッパ》を掛けて、地面に伏せさせています。尾形専務が運んできた一億円の身代金は犯人側に渡っていません」

「人質は無事なんだな？」

「いま専務が保護したところです。小田切たちは大型キャンピングカーに雄太君を監禁してたんですよ。保護したのは三浦《みうら》市の小網代湾の近くです」

「詳しい場所を教えてくれないか。特殊犯捜査第四係のメンバーを急行させる。きみは、たまたま怪しいキャンピングカーを見つけて誘拐事件を暴くことになったと言っといてくれないか」

桐山が言った。

時任は人質を保護した場所を詳しく伝え、尾形から聞いた『黒百合の会』についても語った。

「性犯罪の被害者たちの傷はなかなか癒《い》えないだろう。心的外傷《トラウマ》があって、男性不信に陥ってしまう女性もいるにちがいない」

「ええ。自分に落ち度があったわけでもないのに、身を穢《けが》されてしまった。そのことで、悲観的になって死を選んだ被害者もいたでしょう」

「そうだね。十二年前に深沢耕平に犯されそうになったＯＬは婚約を破棄され、絶望的になって自殺してしまったんだったな」

桐山の声には、同情が含まれていた。

「服毒自殺した新見香織は、まだ二十五歳でした。人生の半分も生きていないのに、死んでしまった。自分の運命を呪いながら、この世を去ったんでしょう」

「だろうね。遣り切れない話だ。自分の身内が性犯罪の被害者になって辛く悲しい思いをしていたら、その親や兄弟は加害者に何か報復をしたくなるだろう」

「ええ、そうでしょうね。私的な制裁は許されないことですが、法を破ってでも仕返しをしたいと考えるのが肉親の情だと思います」

「だろうね。性犯罪者の多くは同じ事件を繰り返している。累犯率はきわめて高い。要するに、懲りていないわけだ」

「そう言ってもいいでしょうね。アメリカでは州によっては、性犯罪者が出所する際には足《あし》枷型《かせがた》ＧＰＳの装着を義務づけてます」

「そうだな。性犯罪者の動きは常にチェックしていないと、また女性を犯す危険性があるからね。性犯罪を繰り返す男は去勢すべきだという声もあるようだが、前科者にも人権はあるわけだから……」

「そこまでやってしまうのは、ちょっと問題があると思います。しかし、自分の娘や妹が性的な暴行を受けたら、加害者を殺したい衝動に駆られるだろうな」

「殺意はともかく、加害者を半殺しにしたいとは思うだろう。実際に行動に移す者は多くないはずだがね」

「ええ」

「深沢は撲殺されてから、性器を切断されている。それを口の中に突っ込まれていたわけだから、性犯罪被害者の家族の〝私刑〟だったのかもしれないな」

「理事官、『黒百合の会』が実在するのかどうか調べていただけますか？」

「わかった」

「もし実在する秘密組織ではなかったら、過去十五年間の性犯罪の事件調書の写しを揃えてもらいたいんですよ。夥《おびただ》しい件数になるでしょうが、加害者の服役後のことを調べれば、何かヒントを得られるかもしれませんので」

「そうだな。事件調書はなるべく早く揃えさせよう。話を戻すが、威嚇射撃したことは下手に隠さないほうがいいぞ」

「わかりました」

「特殊犯捜査係の者が到着するまで小田切と千葉を逃がさないようにしてくれ」

「了解です」

時任は電話を切ると、煙草をくわえた。

第四章　迷走誘導の気配

1

さりげなく周囲を見る。

人の姿は見当たらない。警視庁本部庁舎の六階だ。このフロアには、刑事部長室、捜査一課、組織犯罪対策部四課、捜査一課長室などがある。

時任は急ぎ足で捜査一課長室に向かった。

誘拐事件の犯人たちを検挙した翌日の午後二時数分前だった。正午前に桐山理事官から電話があって、午後二時に捜査一課長室に顔を出すよう指示されたのだ。

時任は捜査一課長室のドアをノックして、大声で名乗った。すぐに笠原課長の声で応答があった。

「入ってくれないか」

「失礼します」

時任は一礼し、課長室に足を踏み入れた。笠原課長と桐山理事官はコーヒーテーブルを挟んで向かい合っていた。課長は執務机に背を向ける形だった。

「ご苦労さん！　わたしの横に座ってくれ」

桐山が言った。時任は、理事官のかたわらのソファに腰を沈めた。

「昨夜《ゆうべ》はお手柄だったな」

笠原が時任に顔を向けてきた。

「誘拐犯の小田切と千葉の身柄を確保して、人質の深沢雄太を保護することはできましたが、肝心の捜査本部事件の犯人はまだ割り出せていませんので」

「そうだが、時任君の活躍で誘拐事件には片がついた。きみは、犯人側が深沢瑞穂を那須高原ＳＡで待機させたのは陽動作戦と見抜いた。実にみごとだったよ。きみが一億円の身代金を携えた尾形専務を追尾してくれたから、小田切達己と千葉慎次の逮捕に繋がった。威嚇射撃は適正だと判断されたよ」

「そうですか。小田切たち二人は特殊犯捜査係の取り調べに素直に応じました？」

「二人とも観念して、罪を認めたそうだ。どっちも『フェニックス・コーポレーション』の営業妨害によって、自分の居酒屋とステーキハウスを潰された。だから、深沢社長の子供を誘拐して一億円の身代金をせしめようとした気持ちはわからないでもない。しかし、子供を人質に取るのは卑怯《ひきょう》だ」

「そうですね。小田切と千葉が深沢耕平を恨むのは仕方ないとしても、妻子まで巻き込むのはフェアではありません」

「そうだな。特殊犯捜査係の取り調べの後、代々木署の捜査本部の連中が小田切と千葉を追及してみたんだが……」

「二人とも、深沢の事件には関わっていなかったんですね？」

「そうなんだよ。どちらのアリバイも裏付《ウラ》けが取れたというから、捜査本部事件ではシロと断定してもいいだろう」

「でしょうね」

「きのうの夜、尾形専務が新たな事実を明かしてくれたが、八月に『黒百合《くろゆり》の会』と称する正体不明の団体が新宿のネットカフェから『フェニックス・コーポレーション』の深沢社長宛に殺人予告メールを送信したことはまだ確認できていない。だが、証言通りなんだと思うよ。尾形が作り話をしなければならない理由が見つからないからな」

「尾形専務が嘘をついていたとしたら、社長殺しに何らかの形で関わっていたからなのでしょうね。しかし、これまでの捜査ではそういう疑惑はありませんでした。専務が社長夫人に頼られて嬉しがっている気配はうかがえましたが、深沢の死には絡んでいないでしょう」

「だろうね。深沢瑞穂が誰かに夫宛の殺人メールを送信させた疑いはどうだろうか？」

「断定的なことは言えませんが、それは考えにくいと思います」

時任はいったん言葉を切って、桐山に問いかけた。

「理事官はどう思われます？」

「社長夫人は子供の親権を巡って夫と対立していたが、特定の不倫相手がいたわけじゃない。夫の死を強く望んでいたとは思えないな。夫が死んだんで、会社の実務を取り仕切っている尾形専務に色目を使ったようだが、二人が共謀して深沢耕平を亡き者にしたとは疑えないだろう」

「そうですね」

「『黒百合の会』の名で殺人予告をフリーメールで送信したのは、性犯罪被害者の身内っぽいな。十二年前の秋に深沢に辱められそうになった新見香織の兄の敏が頭に浮かんだんだが、事件当夜のアリバイは完璧だったはずだ」

「ええ。事件があった夜、新見敏は三軒茶屋にある『アクエリアス』というスナックで八時過ぎから午前零時ごろまで飲んでいたとママと複数の客が証言しています」

「そうだったね。それに、新見敏の妹は深沢にレイプされてはいない。犯行は未遂に終わっているわけだから、加害者を事件から十二年経《た》って殺す気にはならないだろう」

「でしょうね。深沢は何年か前に女性をレイプしたようですが、被害者は警察に訴えなかったのでしょうか」

「そうだったとすれば、その被害者か血縁者が深沢宛に殺人予告メールを送ったのかもしれないな。尾形専務がメールを削除してなければ、発信者を割り出せたんだろうがね。それが残念だ」

「深沢が何年か前にレイプ事件を起こして、その被害者、家族、恋人のいずれかが報復殺人に及んだ可能性はあるかもしれません。ただ、個人的な復讐と限定しないほうがいいでしょうね」

「その理由は？」

笠原課長が桐山よりも先に口を開いた。

「レイプされた上に殺害された女性の血縁者や恋人は、性犯罪者たちを強く憎んでいるにちがいありません。そういう男は抹殺すべきだと考えるのではないでしょうか」

「レイプ殺人犯は、そこまで恨まれても仕方がない惨《むご》いことをしたんだ。救いようのない性犯罪者は死刑にすべきだと思う被害者の家族や知人は少なくないだろう」

「しかし、レイプ殺人犯の多くは死刑にされているわけではありません」

「そうだね。深沢は十二年前にはレイプ未遂事件を起こしただけだったが、何年か前に不同意性交殺人に及んだんだろうか。被害者の親兄弟か婚約者が独自に加害者が深沢だと調べ上げて、報復殺人に走ってしまったのかな」

「過去十五年の性犯罪事件の調書の写しを管理官のひとりに集めさせたんですが、未解決のレイプ殺人事件は一件もありませんでした」

桐山理事官が課長に告げた。

「そうなのか。それなら、レイプ殺人事件の被害者と縁のある人間が犯人を突きとめて、凶行に及んだのではなさそうだな」

「ええ。ただ、未解決のレイプ事件が十七件あります。親告されなかった事件を含めれば、四、五十件はあるでしょう。いいえ、百件を超えているかもしれません」

「その種の性犯罪の被害者は、昔から泣き寝入りするケースが多い。被害者が実名で報道されることはないが、秘密はどこかから漏《も》れてしまうものだから」

「そうですね。体を穢《けが》されたことを知られてしまったら、被害者はどうしても生き辛くなります。そんなことで、泣き寝入りする女性が少なくないのでしょう」

「そうした女性には勇気を出して、被害事実を訴えてほしいね。泣き寝入りしたら、姦《や》り得に味をしめた加害者が同じ犯罪を重ねることになる。だから、被害者は恥ずかしいだろうが、女性警察官に親告してもらいたいな」

「本当にそうしてほしいですね」

「取り寄せた事件調書に記述されているレイプ事件の加害者のうち、すでに五人が亡くなったという話だったな」

課長が呟《つぶや》くように言った。

「はい。五人のうちの二人は病死で、ひとりが交通事故死でした。残りの二名は去年のうちに殺害されました」

「殺された二人の男は六年前と五年前に都内でそれぞれ独身女性をレイプし、三、四年服役した後、何者かに殺害されたんだったね？」

「そうです」

「その二人が起こしたレイプ事件の調書の写しを時任君に読んでもらってから、話を進めたほうがいいんじゃないのか」

「わかりました。そうします」

桐山が卓上のファイルを摑み上げ、プリントアウトされた紙束を手に取った。時任はプリントの束を受け取って、文字を追いはじめた。

六年前に小平《こだいら》署管内でレイプ事件を起こした常盤雅志《ときわまさし》は帰宅途中のOLをナイフで威嚇して、神社の境内で性的暴行を加えた。その当時、加害者は二十八歳だった。被害者は二十四歳になって間がなかった。

被害者の芳賀真理《はがまり》は犯人が逃げ去ると、すぐ一一〇番通報した。その夜のうちに常盤は自宅アパートで逮捕された。

加害者は二十歳のとき、レイプ未遂容疑で逮捕されている。芳賀真理の体内に遺《のこ》されていた精液によるDNA鑑定で、常盤の犯行だと明らかにされたのだ。

加害者は全面的に罪を認め、刑に服した。

「常盤は三年五カ月ほどで仮出所してからは、パチンコ店員やプレス工をしたり、派遣で自動車部品工場で働いていたんだ。去年の九月に八王子《はちおうじ》の裏通りで何者かに刺殺されたときは、キャバクラの呼び込みをしていたようだよ」

桐山理事官が時任に言った。

「未解決事件の調書は管理官に集めてもらったのでしょうか？」

「そうだよ。後で、そっちの事件調書の写しも一緒に時任君に渡す。その前に、もうひとりのレイプ犯の調書に目を通してくれないか」

「了解です」

時任は、ふたたびプリントに目を通した。

五年前に野方《のがた》署管内のワンルームマンションの一室に侵入して就寝中の女子大生を犯した郡司昭《ぐんじあきら》は、なんと現職の警察官だった。当時、三十一歳の加害者は荻窪《おぎくぼ》署地域課の巡査長だったが、ガールズバーでアルバイトをしていた服部春奈《はっとりはるな》に一目惚れして、店に通いつづけた。

しかし、遊興費を遣《つか》い果たし、ガールズバーに行けなくなった。郡司は恋しさに駆られ、二十一歳の女子大生の部屋に忍び込んだ。高圧電流銃《スタンガン》と西洋剃刀《かみそり》で被害者の春奈に恐怖心を与えて、三度も性交に及んだ。

郡司は自分が警察官であることを明かし、春奈と結婚することで責任を取るという誓約書を被害者に手渡した。そのことで、郡司は翌日に捕まることになった。

「郡司の事件《ヤマ》の調書も読み終えたかな？」

桐山が時任に問いかけてきた。

「いま読み終えたところです。郡司は懲戒免職になって、服役したんですよね？」

「そうなんだ。三年一カ月で仮出所できたのは、被害者に本気で惚れていたことを弁護士が強く訴えたせいだろうね。むろん郡司の一方的な恋愛感情なんだが、裁判ではその点が配慮されたのかもしれないな」

「そんなことで刑を軽くされたんでは、被害者はたまらないな。冗談じゃないと思うでしょうね」

「検察官は一応異議を唱《とな》えたんだが、検察庁と警察は親類みたいなものだから……」

「元警官の被告に有利な判決が下ったんでしょう。よくないですよ、そういうことは」

「わたしも、そう思うよ。シャバに戻った郡司は郷里の群馬に戻って農作業の手伝いなんかをしていたようだが、どうも居づらくなったみたいだな。半年ほど経って上京し、池袋の故《こ》買屋《ばいや》グループの倉庫番をしていたんだよ」

「郡司が殺されたのは、いつなんです？」

「去年の十二月中旬のある夜だよ。要町《かなめちよう》のアパートの前で、何者かに金属バットで頭をぶっ叩かれて頭蓋骨損傷で……」

「これが常盤と郡司に関する事件の調書の写しなんだ」

桐山理事官が新たなプリントを差し出した。

時任はプリントを受け取り、常盤に関する殺人事件の関係調書から読みはじめた。八王子署に捜査本部が置かれ、所轄署と本庁捜査一課の殺人犯捜査係の合同捜査が開始された。聞き込みで、客引きの最中に常盤が急に裏通りに入ったのは立ち小便をするためと判明した。排尿直後、常盤は背後から何者かに刃渡り十六センチのコマンドナイフで心臓部を貫かれて死んだ。ほぼ即死だった。

事件現場に凶器は遺されていたが、刀身や柄《つか》には加害者の指掌紋《しょうもん》は付着していなかった。犯人のものと思われる足跡は認められたが、靴は何万足も販売された紐靴だった。靴のサイズは二十六センチだが、それで加害者の割り出しはできない。

捜査本部は事件現場付近の商店から防犯カメラの録画映像の提供を求めた。だが、犯行場面を映した映像はなかった。怪しい人物や不審な車輌も映っていなかった。

被害者は前夜、客引き仲間の元宿仁《もとじゅくひとし》という四十二歳の男と領域《テリトリー》を巡って口喧嘩《くちげんか》している。捜査本部はそのことから、元宿をマークした。しかし、元宿は刺殺事件にはまったく関わっていないという心証を得た。

今年の九月に捜査本部は解散されたが、迷宮入りしたわけではない。二〇〇九年十一月に警視庁刑事部捜査一課の附置機関として発足した特命捜査対策室が捜査を引き継いでいた。同対策室は、江東《こうとう》区白河《しらかわ》にある警視庁深川《ふかがわ》分庁舎に拠点を構えている。

第一係から第六係まであり、総勢およそ八十人だ。特命捜査担当の理事官が統括し、室長は捜査一課のベテラン警視が務めている。

時任は、元警察官殺しの事件調書も一読した。

目白《めじろ》署に設けられた捜査本部は、いまも郡司を撲殺した加害者を追っている。だが、第一期から捜査は難航したままで進展がない。

目撃情報はなく、防犯カメラの映像にも手がかりはなかった。血みどろの金属バットの販売店は台東区《たいとう》内であることが明らかになったが、購入者は割り出せなかった。金属バットが売られたのは去年の十月だった。

金属バットには、加害者の指紋も掌紋も付着していなかった。犯人のものと特定できる頭髪、繊維片なども見つかっていない。

郡司は故買屋のボスの瀬戸《せと》稔《みのる》、五十八歳には目をかけられていたが、手下の者たちとは反《そ》りが合わなかったようだ。仲間たちと飲食を共にすることはなかったらしい。

「事件調書を読んだ限り、常盤や郡司に殺意を懐《いだ》いているような人間は周囲にはいないようですね」

時任は理事官に言った。

「そうなんだ。といって、レイプされた芳賀真理や服部春奈の親兄弟や恋人がレイプ犯殺しに関与している気配もうかがえない」

「ええ、そうですね」

「二つの捜査本部は真理や春奈が殺し屋《プロ》を雇って報復したのではないかと考え、そのへんは念入りに調べただろう。しかし、調書には二人の性犯罪被害者に疑惑を向けた記述は一行もない。時任君、そうだったね？」

「そうです」

「常盤と郡司はたまたま運悪く通り魔殺人の被害者になったんだろうか」

桐山が唸《うな》って腕を組んだ。

「そういう偶然は考えにくいと思います」

「だろうな。殺害された常盤と郡司は、ともに性犯罪者として服役した。その共通点が殺される理由になったと考えるべきだろうな」

「ええ、そう考えるべきでしょう。性犯罪の被害者の親兄弟や恋人はレイプ犯の殺害には関与していないのか。だとすると、性犯罪被害者の親兄弟で結成された秘密組織があるのでしょうか。『黒百合の会』は実在しないとしても、その種の秘密結社めいたものがありそうですね」

「そうかもしれないな」

「メンバーが交換殺人を引き受け合えば、加害者と被害者には何も接点がないわけですから、たとえ捜査当局に怪しまれても……」

「容疑者には犯罪動機がないとなれば、じきに嫌疑は晴れるだろう。時任君、きみの筋読み通りなのかもしれないぞ。秘密組織のメンバーが一面識もない性犯罪者を殺害しても、まず捜査対象にはなりにくい」
「そうですね。たとえ疑われても、犯行動機がなければ、立件は難しいと判断せざるを得なくなりますので」
「そうだね」
「なるほど、交換殺人の変形か。秘密組織のメンバーが少数ではトリックを看破《かんぱ》されてしま
うだろうが、会員が何十人もいれば、交換殺人をぼかすことは可能だろうな」
笠原課長が話に加わり、時任に相槌《あいづち》を求めてきた。
「そうですね。遠方に住んでいて縁《えん》も所縁《ゆかり》もない人間がそれぞれの身内を性犯罪で苦しめた
加害者を標的にして代理殺人をすれば、警察にマークされることはないでしょう」
「『黒百合の会』という団体名で『フェニックス・コーポレーション』の深沢社長宛に殺人
予告メールを送信した者は、そうした秘密組織のメンバーなのかもしれないぞ。時任君、常
盤と郡司の事件を改めて調べてみてくれないか。手が足りないようだったら、元刑事の探偵
と美人犯罪ジャーナリストに協力を仰《あお》いでもかまわない」
「そのつもりでいました」
「そうか」
「事件調書の写しをしばらく預からせてもらいます」

時任は理事官に言って、プリントの束をまとめて掴《つか》み上げた。捜査一課長室を辞して、エレベーターで地下二階の車庫まで下る。

時任はエルグランドを本部庁舎から出すと、寺尾理沙に電話をかけた。スリーコールで通話可能状態になった。

「特に用事がなかったら、これから品田のおやっさんの事務所に向かってくれないか。そっちと探偵の旦那の力を借りたいんだ。いま、どこにいるのかな？」

「市ヶ谷駅の近くよ。タクシーを拾って、品田のお父さんの事務所に行くわ。時任さん、わたしは何をやればいいの？」

「会ったときに頼みたいことを話すよ。おれは桜田門《さくらだもん》にいるんだ。先に行って待ってる」

「わかったわ」

理沙が電話を切った。

時任はエルグランドを走らせはじめた。二十分そこそこで、渋谷の道玄坂に着いた。有料立体駐車場にエルグランドを置き、品田探偵事務所を訪ねる。

品田が自席に向かって、ぼんやりとしていた。妻の聡子の姿は見当たらない。

「あれっ、奥さんは？」

「きょうは家にいるんだ。ここんとこ調査の依頼がなかったんで、別に電話番がいなくても問題ないからね」

「なら、おやっさんの力を借りるか。捜査が思うように進まなくてね。おやっさんと理沙に手伝ってもらいたいことがあるんです」

「いつでも助《す》けるよ」

「よろしく頼みます」

時任は勝手に応接セットのソファに腰かけた。品田が机から離れ、時任の真ん前に座った。

「じゃじゃ馬娘が来てから、捜査の経過を聞こうか。同じことを二回話すのは時間の無駄だからね」

「そうだね。いま、お茶を淹《い》れますよ」

「おい、おい！　ここは、わたしの事務所だぞ。茶ぐらい出すって」

「おやっさんは座っててください。こっちが頼みごとをするんですから。といっても、茶葉は借用するんだが……」

時任は立ち上がって、シンクに向かった。

2

捜査の流れを話し終えた。

時任は事件調書の写しを二つに分けて、品田と理沙に手渡した。

理沙は時任の横のソファに腰かけている。ツイード地のパンツスーツ姿だった。似合っている。

時任は紫煙をくゆらせはじめた。

六年前に帰宅途中の芳賀真理を神社の境内に連れ込んで犯した常盤雅志は、去年の九月に八王子の裏通りで何者かにコマンドナイフで刺殺された。捜査本部は容疑者の絞り込みもできなかった。

流しの犯行とは考えにくい。といって、殺し屋《プロ》の仕業《しわざ》としては犯行手口がラフだ。凶器のコマンドナイフは遺留されたままだった。刀身や柄の指紋は入念に拭われていたが、その点が解《げ》せない。犯罪歴のない人間が常盤を葬ったのだろうか。

去年の十二月に要町の自宅アパート前で撲殺された郡司昭の事件だが、やはり凶器の金属バットは被害者の横に転がっていた。

犯罪のプロは極力《きょくりょく》、足のつきそうな物は事件現場には遺《のこ》さないものだ。そう考えると、殺し屋の犯行ではないように思える。

しかし、どちらの加害者もある程度の冷徹さはうかがえる。性犯罪被害者の親兄弟や恋人の犯行なら、被害者を罵《ののし》ったのではないか。だが、事件調書にはそうした記述はなかった。加害者が交換殺人を行なったとしたら、冷静さを保《たも》ったままで目的を果たせるのではないだろうか。被害者に憎しみや恨みがなければ、淡々と代理殺人を実行できそうだ。

レイプ事件の被害者である芳賀真理と服部春奈には、まるで接点がない。被害者たちの身内たちにもなんの繋がりもないはずだ。

双方にダイレクトな結びつきがあれば、捜査本部は気づくだろう。だが、盲点があった。性犯罪被害者の親兄弟や交際相手が結びつく可能性はある。性犯罪被害者の会の類《たぐい》で面識を得たとも考えられる。

加害者たちの刑が軽すぎることに憤《いきどお》ったメンバー同士が交換殺人という形で、〝報復処刑〟を謀《はか》ることもあり得るのではないか。

時任はそう思いながら、短くなった煙草の火を揉み消した。そのとき、彼は自分の推測に引きずられかけていることを自覚した。

もっと冷静にならなければいけない。

時任は自分に言い聞かせ、飲みかけの緑茶を啜《すす》った。それから間もなく、品田と理沙が読み終えた事件調書の写しを交換した。

時任は、二人がプリントから顔を上げるのを待った。品田と理沙が相前後して調書に目を通し終えたのは十数分後だった。

「この十五年の間に発生したレイプ事件のうち十七件が未解決って、どういうことなのっ。遺留物のＤＮＡ鑑定で犯人は特定できたわけでしょ？」

理沙が時任に話しかけてきた。

「もちろん、加害者の特定はできたんだ。しかし、逮捕状が裁判所から下りる前にレイプ犯は高飛びしたんだよ」

「犯人とわかってたら、別件で身柄を確保すべきだったんじゃない？　なぜ、そうしなかったのかな」

「功を急ぐあまり誤認逮捕してしまうケースもある。それだから、別件で被疑者をしょっ引くことには消極的だったんだろうな」

「加害者にみすみす逃げられたんじゃ、姦《や》られ損よね。被害者当人だけじゃなく、親兄弟は個人的に加害者を見つけ出して制裁を加えてやりたいと思うんじゃない？」

「そうしたくなる者もいるだろうな。『フェニックス・コーポレーション』の深沢社長宛に

『黒百合の会』という正体不明の組織が殺人予告メールを送信したって話はしたよな？」

時任は言った。

「ええ、聞いたわ。尾形という専務が昨夜《ゆうべ》、打ち明けてくれたんでしょ？」

「そう。深沢は十二年前の秋にレイプ未遂事件を起こして、三年数カ月服役した。仮出所後に養子になって姓を田所から深沢に変えたんだよ。田所姓では前科がバレる恐れがあるからな」

「そういう話だったわね」

「深沢は被害者の新見香織をレイプし損《そこ》なったんだが、れっきとした性犯罪者だ。香織は、犯されたわけじゃないのに婚約を破棄された。で、ショックを受けて自殺してしまったんだ」

「実兄の敏が妹の復讐をしたと疑えなくもなかった。だけど、アリバイが立証されたんでしょ？」

「そうなんだよ。新見敏は深沢殺しではシロだろうが、性犯罪被害者たちの親兄弟、夫、恋人たちは加害者を心底《しんそこ》憎んでいるにちがいない」

「当然でしょうね」

「事件調書に載っている性犯罪歴のある常盤雅志と郡司昭の二人は、被害女性の親兄弟、夫、恋人などで構成された秘密組織に殺《や》られたのかもしれないと推測しているんだ。交換殺人のバリエーションという形になるな」

「交換殺人のバリエーション？」

理沙が問い返す。時任は詳しく説明した。

「加害者のレイプ犯とは一面識もないメンバーが代理殺人を請け負うんなら、警察に仮に怪しまれても犯行動機がないわけだから……」

「時間の問題で捜査対象者のリストから外されるだろうね」

「『黒百合の会』は、性犯罪被害者の家族やパートナーで構成された秘密処刑組織なのかな。深沢耕平はレイプ未遂で服役したけど、何年か前に誰かを犯してたのかもしれないわよ。そう考えれば、撲殺されてから男性のシンボルを切断されたことの説明がつくわよね。お父さんはどう筋を読んでるの？」

理沙が品田に意見を求めた。

「『フェニックス・コーポレーション』の社長だった深沢は性的に歪《ゆが》んだところがあったんだろうから、事件化されていないが、最近、誰かをレイプしたのかもしれないな」

「それ、考えられると思う」

「被害者の女性の血縁者やパートナーが報復殺人に及んだ可能性はあるだろう。しかし、

『黒百合の会』が性犯罪被害者の家族やパートナーで結成された秘密処刑組織なのかどうかは……」

「おやっさんは、そんな組織はないと思ってるんですね？」

時任は品田に確かめた。

「存在しないとは断定できない。ただ、性犯罪被害者の精神的なケアをする連絡会は実際にあるが、加害者を私的に裁く組織なんか実在しないだろうね。気持ちはわかるが、法治国家だからな。だが、断定はできないね」

「仇討ちは許されることではありませんが、大切な娘、姉妹、妻、婚約者がレイプされて人生を台なしにされたら、法を破ってでも加害者に制裁を加えたいと考える者もいるでしょう」

「そうだろうが……」

「品田のお父さん、ちょっと喋らせて。わたしが犯罪心理学者の助手をしてたころ、大学の准教授が高校生のひとり娘を輪姦《りんかん》した三人の非行少年をアイスピックでメッタ刺しにして殺害した事例があったのよ」

理沙が口を挟んだ。

「そういえば、そんな事件《ヤマ》があったな。加害者は石廊崎《いろうざき》の断崖《だんがい》から海に身を投げたんじゃなかったか？」

「ええ、そうなの。ふだんは理性的な人間でも、つい怒りを抑えられなくなることはあるでしょ？」

「所詮《しょせん》、人間は感情の動物だからね。係長《ハンチョウ》が言ったような秘密処刑組織がないとは言い切れないいか」

「わたしはそう思うわ。常盤と郡司を殺害したのが、同じ秘密処刑組織かどうかはわからないけどね」

「常盤雅志の事件を継続捜査している深川分庁舎の特命捜査対策室に昔の部下がいるんだ。石倉利夫《いしくらとしお》という五十六歳の警部補なんだが、その男に会って情報を集めてみるよ」

　品田が時任に言った。

「そうしてもらえますか。こっちは、郡司昭に目をかけてた故買屋のボスの瀬戸稔に会ってみます。裏ビジネスで喰ってる瀬戸が警察に全面的に協力したとは思えないんだ」

「だろうね。うまく探りを入れれば、瀬戸は新事実をぽろりと喋るかもしれないぞ」

「そうかな」

「わたしが時任さんの部下を装って、一緒に故買屋のボスに探りを入れたほうがいいんじゃないかしら？」

理沙が提案した。

「そのほうがいいかもしれないな。よし、そうするか」

「了解！」

「おやっさん、何かわかったら、教えてくださいね」

時任は品田に言って、ソファから立ち上がった。理沙が洋盆《トレイ》に湯呑み茶碗を載せ、シンクに運んだ。

「わたしが洗うから、そのままにしておいてくれよ」

「手早く洗っちゃいます」

「悪いね」

品田が言って、ハイライトに火を点けた。事件調書に目を通しはじめたころから、現職刑事時代の顔つきになっていた。

ほどなく理沙が来客用の湯呑み茶碗を洗い終えた。時任は理沙と品田探偵事務所を出て、有料立体駐車場に向かった。エルグランドを走らせ、明治《めいじ》通りをひたすら進む。故買屋グループの事務所と倉庫は池袋三丁目にある。

目的地に着いたのは三十数分後だった。瀬戸の事務所と倉庫は池袋図書館の斜め裏にあった。

時任は高い門扉《もんぴ》の前にエルグランドを横づけした。

数秒後、潜り戸が押し開けられた。姿を見せたのは剃髪頭《スキンヘッド》の男だった。三十二、三歳だろうか。三白眼《さんぱくがん》で、人相はよくない。

「ここに車を駐めるんじゃねえよ。早く移動させな」

「警察だ」

時任は車を降りた。理沙も助手席から出る。

「家宅捜索《ガサイレ》なら、令状《オフダ》を見せろや」

「ただの聞き込みだよ。瀬戸はいるな？」

「その前に警察手帳《チヨウメン》見せるのが礼儀だろうがよ」

スキンヘッドの男が息巻き、時任に組みついてくる体勢になった。

すかさず理沙が男に足刀《そくとう》蹴りを見舞った。少林寺《しようりんじ》拳法の蹴り技だ。

横蹴りをまともに喰らった男は突風に煽《あお》られたように宙を泳ぎ、路上に転がった。スキンヘッドの男は肘《ひじ》を打ちつけたらしく、長く唸《うな》った。

「おれの部下は少林寺拳法の有段者なんだ。直突《じかづ》きと鈎突《かぎづ》きも強烈だから、おとなしくしてたほうがいいぞ」

時任は言って、ＦＢＩ型の警察手帳を短く呈示《ていじ》した。いつものように、所属部署は指で巧《たく》みに隠して見せなかった。

「マブい女刑事なんで、つい油断しちまったんだ。いい気になってると、地べたに這《は》わせて突っ込むぞ」

男が理沙に凄み、立ち上がった。

「あんたに姦《や》られるようなお嬢じゃないわ」

「なめやがって！　本当に尻《ケツ》を剝き出しにして……」

「それだけの度胸があるなら、故買屋の下働きなんかしてないでしょうが！」

理沙が挑発した。

スキンヘッドの男が額に青筋を立て、右腕を翻《ひるがえ》す。ロングフックは空に流れた。

理沙が中段構えで、順突《じゅんづ》きを繰り出した。突きは相手の眉間を直撃した。

スキンヘッドの男は体をくの字に折りながら、尻から路面に落ちた。すぐに鼻血が垂れはじめた。

「そのくらいにしてやれよ」

時任は理沙に言って、男を摑み起こした。

「過剰防衛じゃねえかよ、こんなの」

「公務執行妨害で手錠《ワッパ》打たれたくなかったら、早く瀬戸稔に取り次ぐんだな。去年の十二月に殺された郡司昭のことで確認したいことがあるだけだ。盗品のことで来たんじゃないから、安心しろ」

「わかったよ」

男が手の甲で鼻血を拭って、潜り戸の向こうに消えた。時任は理沙に顔を向けた。

「相変わらず、血の気が多いな」

「女を軽く見てる男には、無性《むしょう》に腹が立っちゃうのよ。スキンヘッドがもっと下品なことを言ったら、金的《きんてき》を思いっきり蹴り上げて悶絶《もんぜつ》させる気だったの」

「少しは手加減してやれって」

「やりすぎだったかしらね」

理沙が首を竦《すく》めた。時任は微苦笑した。

一分ほど待つと、スキンヘッドの男が潜り戸から顔を突き出した。鼻の両穴には捩《よじ》ったティッシュペーパーが挿《さ》し込まれている。

「入ってくれ」

「声がくぐもって聞き取りにくいな。片方だけでも外せよ」

「うるせえ！」

「怒ったか」

時任は笑いながら、潜り戸を抜けた。左手に倉庫があるが、シャッターで閉ざされていた。右側に事務所が見える。

理沙が後ろ手に潜り戸を閉めた。スキンヘッドの男が案内に立った。時任たち二人は事務所に導かれた。二十畳ほどの広さで、ほぼ中央に総革張りの応接セットが据えられている。窓際には二卓のスチールデスクが並んでいた。

「ご苦労さん！　瀬戸です」

長椅子にどっかと座ったまま、故買屋グループの親玉が自己紹介した。時任は警察手帳をちらりと見せ、姓だけを名乗った。

「お連れの美人さんは部下の方かな？」

「そうなんですよ。刑事にしておくのは惜《お》しいでしょ？」

「そうだね」

瀬戸が言葉を切って、理沙に笑いかけた。

「毎月百五十万の手当を渡すから、おれの彼女にならない？」

「殺すぞ、おっさん！」

理沙が吼《ほ》えた。

「冗談だよ、冗談」

「笑えない冗談ね」

「面白い娘《こ》だな。ま、座ってください」

瀬戸がソファを手で示した。

時任たちは並んで腰かけた。先に口を開いたのは時任だった。

「ブラックマーケットの景気は？　安く買い取った盗品は滞《とどこお》りなく流通してるのかな」

「もうだいぶ前に足を洗ったんだ。な、足立《あだち》？」

瀬戸がスキンヘッドの男に目配せした。

「ええ。いまや真っ当なリサイクル業者ですよね」

「笑わせるなって。そこまで言うんだったら、倉庫の中を見せてもらうぞ。まだ値札の付いてる貴重品がありそうだからな」

「令状もないのに、そんなことができるわけねえ」

「そっちは席を外してくれ」

時任は、足立と呼ばれた男に言った。足立は何か言いかけたが、黙って事務所から出ていった。

「郡司のことで、何か確かめたいことがあるとか？」

瀬戸が時任の顔を正視する。

「元警察官の郡司が五年ほど前に野方署管内で女子大生の自宅マンションに忍び込んで、レイプしたことは知ってるでしょ？」

「ああ、知ってる。郡司は服部春奈って女子大生に本気で惚れたみたいで、何度も結婚を前提につき合ってほしいと申し込んだらしいよ。けど、相手の女子大生はまともに取り合ってくれなかったそうだ。郡司は、こと女に関しては晩生《おくて》だったようだな」

「そうだったのか」

「警察学校を出るまで童貞だったとかで、ソープで筆下ろしをしたのは二十四のときだったらしい。ガールズバーでバイトをしてた女子大生に夢中になった郡司は相手を何がなんでも妻にしたかったんで、相手の部屋に忍び込んで姦っちゃったんだってさ。スタンガンと西洋剃刀でビビらせるのはかわいそうだと思ったらしいけど、騒がれたら、目的を果たせないからね」

「そこまで被害者にのめり込んでたから、郡司は責任を取って被害者を妻にするという内容の誓約書を残して逃げたわけか」

「いまどき珍しい純情男じゃないか。郡司がやったことは間違いなく犯罪だけど、気持ちは純でしょ。だから、あいつに目をかけてやってたんだ。仕事はきちんとやってたから、惜しい奴を亡くしたという思いが強かったね。本当に生き方が無器用な男だったよ。でも、性《しよう》根《ね》は腐ってなかった」

「女性を犯したわけだから、性根は腐ってたのよ」

理沙が話に割り込んだ。

「手厳しいな」

「当たり前でしょうが！　盛りのついた犬じゃあるまいし、力ずくで女性をレイプする奴は下《げ》の下《げ》だわ。性犯罪者は全員、去勢《きょせい》しちゃえばいいのよ。それはそうと、郡司は生前、被害者の家族や彼氏に何か仕返しをされるかもしれないと怯《おび》えてなかった？」

「そういう話は聞いていないな。ただ、性犯罪者狩りをしてる奴がいるようだと不安そうに呟いたことがあったよ。深酒して泥酔してたときなんだが、そう洩らしたときは真顔だったな」

「性犯罪者狩りをしてる連中から、脅迫状か殺人予告のメールが届いてたかしら？」

「そういう具体的なことは言わなかったが、何か悪い予感を覚えてたのかもしれないな」

瀬戸が答えた。理沙が口を結ぶ。

「目白署に設置された捜査本部は、まだ容疑者の特定にも至っていない」

時任は言った。

「そうみたいだな。郡司は要町の自宅アパートの前で何者かに金属バットで頭部を打ち砕かれて死んでしまったんだが、アパートの入居者や近くの住民は人の争う物音を誰も聞いていないようなんだ」

「事件調書にも、そう記述されていた。不審者の目撃情報もなかった」

「素人の犯行《ヤマ》とは思えないね。性犯罪被害者か、その血縁者に頼まれてレイプ犯たちを闇に葬る犯罪組織があるんじゃないのかな。去年の九月に八王子の裏通りで不同意性交罪で服役した男がコマンドナイフで刺し殺されたが、その事件も確か解決してなかったな。そうでしょ？」

瀬戸が訊いた。

「未解決のはずだ」

「性犯罪被害者本人、家族、彼氏なんかをとことん洗えば、レイプ犯たちを始末してる犯罪組織が浮かび上がってくるんじゃないのかね」

「参考になる話を聞かせてもらいました。ご協力、ありがとう」

「あんたら二人は、目白署の捜査本部の助っ人要員みたいだね」

「ま、そんなとこです」

時任は曖昧《あいまい》に応じ、暇《いとま》を告げた。すぐに理沙がソファから立ち上がる。二人は事務所を出た。足立は倉庫の前にしゃがみ込んでいた。

「捜査資料に服部春奈の実家の住所も記してあったな。被害者の親族に会ってみるか」

時任は理沙に小声で言って、先に潜り戸を通り抜けた。

3

通されたのは居間だった。

玄関ホール脇にあった。吉祥寺《きちじょうじ》の外れにある服部宅だ。

「いま妻が二階の娘を呼びに行きましたが、階下《した》には来ないかもしれません。春奈は五年前に現職警官だった郡司に体を穢されてから、人間不信に陥《おちい》ってしまったんですよ」

世帯主の服部郁男《いくお》が時任に言った。

「郡司のような奴が同じ警察組織にいたことを恥ずかしいと思っています」

「毎年七、八十人の警察官が懲戒処分になってるそうじゃないですか。警察には、もっとしっかりしてもらわないとね」

「おっしゃる通りです。申し訳ありません」

「あなたに謝ってもらっても仕方ない。ま、お掛けください」

「はい」

時任は理沙と並んでリビングソファに座った。春奈の父親と向かい合う恰好《かっこう》だった。

「服部さんは、フリーのグラフィックデザイナーをなさっているんでしたね?」

理沙が問いかけた。

「ひとりで仕事はこなせるんですが、春奈に資料集めをしてもらっています。娘は事件直後に大学を中退して、引き籠《こも》りがちだったんです。いくつかアルバイトをしたんですが、男性が怖くなってしまったんで、ちゃんと働くことができなくなったんですよ。それで、わたしの手伝いをさせてるわけです」

「お嬢さんは辛い思いをされてるんですね」

「春奈は友人たちとも遠ざかってしまいました。いまも心的外傷《トラウマ》に苦しんでいます。明るい性格だったのですが、別人のように暗くなってしまいました」

「ご家族もお辛いでしょう」

「去年の十二月に郡司昭が自宅アパート前で何者かに金属バットで撲殺されたという報道に接したときは、天罰が下ったと思いましたよ。赤飯を炊いて祝いたいぐらいの気持ちでした」

「そうでしょうね」

「郡司を殺した犯人にはうまく逃げ延びてほしいな。警察の方たちにこんなことを言ってはいけないのですが、それほど娘を辱《はずかし》めた郡司を憎んでいました。告白しますが、わたしは本気で仮出所した郡司をこの手で殺してやろうと考えていました」

「そんなお気持ちにもなるでしょうね」

「しかし、わたしが殺人者になったら、家族は生きにくくなるでしょう。春奈の二つ下の弟も、学校を去ることになったと思います。だから、郡司を殺《あや》めることはやめたんですよ」

服部が天井を仰いだ。

そのとき、春奈の母親の智子《ともこ》が居間に入ってきた。鎌倉彫《かまくらぼ》りの盆には、二つの湯呑み茶碗が載っている。

「娘はあなた方にお目にかかりたくないと……」

「いいんですよ。お母さん、どうかお構いなく」

時任は言った。智子が日本茶を来訪者の前に置き、夫の傍らに腰かけた。春奈の両親はともに五十代の半ばだった。

「妙なことを訊《たず》ねますが、『黒百合の会』という名称に聞き覚えはありませんか？」

時任は服部郁男に問いかけた。

「いいえ、ありません。『黒百合の会』というのは？」

「実在するかどうかわかりませんが、性犯罪者たちを処刑している秘密組織のようなんです。

先月七日に自宅で撲殺された会社経営者は十二年前にレイプ未遂事件を起こして服役したんですが、会社に『黒百合の会』から殺人予告メールが送信されてきていたらしいんですよ。メールを読んだ専務が独断で削除してしまったそうなんですが……」

「性犯罪者狩りをしている秘密組織があるんだろうか」

「そうなのかもしれませんね」

「あっ」

智子が何か思い当たったらしく、口に手を当てた。夫が妻を見る。

「どうしたんだ？」

「お父さんには黙ってたんだけど、郡司が刑務所を出た翌月、おかしな電話がかかってきたの。相手の男は娘が性犯罪の被害者だということを知ってて、交換殺人を持ちかけてきたのよ」

「電話の相手は郡司昭を始末してやるから、その代わり代理殺人をやってくれないかと言ったんだな？」

「そうなの」

「で、誰を代理で殺してくれと言ったんだ？」

「できたら、六年前に小平署管内の神社の境内で二十四歳のＯＬを犯した常盤雅志という男をこちらで抹殺してくれないかと付け加えたの」

「常盤雅志という名には聞き覚えがあるな」

「去年の九月の夜、八王子の裏通りで何者かにコマンドナイフで刺し殺された男ですよ」

時任は服部に言った。

「あっ、思い出しました。その常盤という男は六年前に女性を辱めて、三年ちょっと服役したんじゃなかったかな」

「そうです、そうです」

「性犯罪者狩りをしている秘密組織が本当にあるみたいですね。わたしの妻に当方が常盤雅志を抹殺してくれればありがたいと言ったのは、神社の境内で犯されたＯＬの親族なのかもしれませんよ。交換殺人の条件として、常盤の名前を挙げたわけですから、多分、そうなんでしょう」

「そう推測することはできますが、まだわかりませんよ」

「そうですかね」

服部が口を閉じた。一拍置いてから、理沙が智子に話しかけた。

「交換殺人の話を持ちかけられて、どうなさったんです？」

「もちろん、即座に断りました。性犯罪者たちは憎いですけど、夫や息子に交換殺人をさせることなんかできませんのでね。はっきりと断ったら、三百万円の成功報酬を払ってくれれば、代理で復讐殺人を請け負ってもいいと持ちかけてきたんですよ」

「つまり、郡司昭を自分が抹殺してやると言ったんですね？」

「いいえ、自分が手を汚すとは言いませんでした。郡司とは会ったこともない実行犯を選ぶから、事件は迷宮入りするだろうとうそぶいていました」

「電話をかけてきた男は性犯罪被害者の家族たちが交換殺人をしてるだけではなく、代理殺人も請け負ってるという口ぶりだったんですね？」

「ええ、そんなニュアンスでした。三百万円の成功報酬で娘の人生を台なしにした郡司を片づけてくれると言われたんですけど、その話には乗りませんでした」

「そうですか」

「その後、その人物から電話はかかってきませんでした」

「智子、どうしてそのことを黙ってたんだっ」

服部が妻を詰《なじ》った。

「恐ろしい話だし、悪質ないたずらとも思えたから……」

「いたずら電話じゃないな。六年前に常盤雅志にレイプされたＯＬの父親が、性犯罪者狩りの秘密組織のメンバーなのか。もしかしたら、リーダーなのかもしれないな」

「そうなのかしら？」

「その人物が俠気《おとこぎ》を発揮し、只《ただ》で代理殺人をする気になって、メンバーの誰かに郡司昭を撲殺させたのかもしれないぞ。そうだったなら、常盤のほうもまるで接点のない実行犯を選んで、自分の娘を穢したレイプ犯を刺殺させたんじゃないかな」

「刑事さん、そうなんでしょうか？」

智子が時任に眼差《まなざ》しを向けてきた。

「常盤が起こした性犯罪は捜査本部が解散された後も本庁の特命捜査対策室が継続して捜査していますんで、被害女性の親族の情報を提供してもらいます」

「そうしてくれますか。夫が言ったように常盤に辱められたＯＬの親族が妙な電話をかけてきたのかもしれませんので」

「そうですね。どうもお邪魔しました」

時任は理沙に目で合図して、ソファから立ち上がった。理沙が腰を浮かせる。

二人は服部宅を辞去《じきょ》し、エルグランドに乗り込んだ。

「時任さん、常盤に穢された芳賀真理の実家は西東京《にしとうきょう》市の北町《きたまち》にあったんじゃなかった？事件調書の写しを読んだときの記憶だと、確かそうだったわ。ここから、そう遠くないはずよ」

「そうなんだが、常盤殺しの件は品田のおやっさんに頼んだんだ。昔の部下の石倉って警部補に接触してくれることになってるんだよ」

「おかしな気遣いは必要ないでしょ？　特任捜査をしているのは時任さんで、品田のお父さんとわたしは単なる協力者なのよ。お父さんに妙な遠慮なんかしないほうがいいと思うわ。新たな手がかりを得られたんだから」

「わかった。芳賀真理の実家に向かおう」

時任はエルグランドを発進させた。

「わたし、生意気なことを言っちゃったかしら。時任さんが決める事柄なのに、差し出がましいことを口走っちゃって……」

「いいさ。おまえさんが言った通りだからな」

「時任さんは男っぽい性格なんだけど、優しいのね。特に年上の人には敬意を払ってる。品田のお父さんはかつての部下だったんだから、そんなに気を遣うことはない気がするけどな」

「たとえポストが下でも、年長者には敬意を払うべきだよ。そんなことは当たり前のことさ、人間としてな」

「その通りなんだけど、時任さんって、ちょっとわかりにくい男性《ひと》だな。正義感はあるのに、違法捜査も平気でやっちゃう。そのくせ、筋の通らないことは嫌う。無頼なんだけど、曲がったことは許せないんでしょ？」

「おれは精神が弱いんだろうな」

「そんなふうにごまかさないで、素《す》をすべて見せてほしいな。何年か前に取材先で時任さんと鉢合わせしたときに少しミステリアスな刑事さんだと感じたんで、時任さんのことを丸ごと知りたいの」

「そうか」

「あっ、誤解しないでね。別にわたし、時任さんにハートを持っていかれちゃったわけじゃないから」

「おまえさんとは色恋抜きで、長くつき合いたいな。男女の仲になったら、いずれ別れることになるかもしれないじゃないか」

「五年前に奥さんに裏切られたことが心の傷になってるみたいね」

「元妻に背を向けられたのは、いわば自業自得《じごうじとく》だよ。こっちは現場捜査が根っから好きなんで、ろくに女房孝行しなかったからな。元妻が髪型を変えても気づかなくて、呆《あき》れられてた。悪いのは自分のほうだから、おれの旧友の許《もと》に走った元妻を咎《とが》めもしなかったんだ」

「奥さんだった女性《ひと》とは、求めるものが違ってたんでしょうね。わたしにも似たような体験があるわ。でも、終わったことをあれこれ考えても仕方ないでしょ？」

「そうだな」

「芳賀真理は事件後、どう過ごしてきたんだろう？　服部春奈みたいになってないといいんだけど」

「理事官の話によると、まだ未婚らしいよ。実家にはいないようだが、詳しいことはわからないんだ」

「そうなの」

理沙が口を結んだ。

時任は運転に専念した。捜査資料によると、真理の父親の芳賀透《とおる》は洋品店の店主で、現在、五十八歳だ。晴加《はるか》という名の妻は五十四歳だったか。真理には三つ違いの妹がいるが、すでに嫁いでいる。

芳賀洋品店を探し当てたのは、十六、七分後だった。商店街の外れにあった。

時任は車を店の少し先の民家のブロック塀の際《きわ》に駐めた。理沙とエルグランドを降り、数十メートル引き返す。

芳賀洋品店を覗くと、五十四、五歳の女性が店番をしていた。客の姿はなかった。

時任は店内に足を踏み入れ、五十代半ばの女性に話しかけた。

「警視庁の者ですが、芳賀真理さんのお母さんですね？」

「はい、母親の晴加です。いったい何のご用でしょう？」

「わたしは時任、部下は寺尾といいます」

「真理のことなんでしょうが、娘は東京にはいません。長野のペンションに住み込んで働いてるんですよ」

晴加が椅子から立ち上がって、時任たち二人の前まで歩いてきた。

「いつから長野に住んでらっしゃるんです？」

「事件があって一年ほど経《た》ってからです。会社を辞めて店の手伝いをしてたんですけど、気分を変えたいと東京を離れたんですよ。実名が報道されたわけではないんですけど、こちらにいると、どうしても忌《いま》わしいことを思い出してしまうんでしょう。突然、過呼吸《かこきゅう》になったりしてたんで、東京を離れたほうがいいと……」

「そうですか。何かと大変でしたね。六年前の事件の加害者が去年の九月に八王子の裏通りで刺殺されたことはご存じでしょ？」

「ええ、知っています。常盤雅志が殺されたんで、少しは気持ちが晴れましたよ。あの男は二十歳のとき、レイプ未遂で服役した過去があったんです。変態にちがいありませんから、早くこの世からいなくなってほしいと願ってたんです」

「娘さんがひどい目に遭われたので、親御さんとしてはそうした気持ちになるでしょうね。ご主人はお出かけですか？」

「いいえ、奥で帳簿をつけてます。夫が何かまずいことをしたのでしょうか？」

「そういうことじゃないんですよ。ちょっと伺いたいことがあるだけです。お呼びいただけますか？」

時任は頼んだ。

晴加が二度うなずき、すぐに体を反転させた。店の奥にある和室に入り、ドアを閉めた。

「性犯罪の被害者に落ち度があったわけじゃないのに、居場所を失うなんて理不尽《りふじん》だわ」

理沙が呟いた。

「そうだな。加害者には同情しないが、その家族も世間から白い目で見られるだろうね」

「ええ、そうね。でも、血縁者が罪深いことをしたんだから、その程度のことは我慢してほしいわ」

「身内が犯罪者になっても、親兄弟に責任があるわけじゃないよ。家族まで白眼視《はくがんし》するのはよくないな」

「正論だけど、犯罪者の身内まで憎らしくなると思うわ。被害者側の家族は加害者の血縁者まで非難したくなるでしょう？　それが家族の正直な感情なんじゃないのかな」

「そうだろうが、憎悪の連鎖はどこかで断ち切らないとな」

時任は言い諭《さと》した。

会話が途切れたとき、奥から芳賀透が現われた。小太りで、丸顔だった。

時任は会釈《えしやく》し、警察手帳を見せた。理沙が苗字だけを名乗った。

「常盤雅志が殺されたことはニュースで知りましたが、娘の事件と何かリンクしてるわけじゃないんでしょ？」

芳賀が時任に言った。

「と思いますが、少し気になる情報が耳に入ったんですよ」

「どんな情報なんです？」

「あなたが性犯罪の被害者の親族に交換殺人という形で、加害者を永久に眠らせないかと持ちかけたという証言があるんですよ」

時任は後ろめたさを感じながら、鎌をかけた。

「どこの誰が、そんなでたらめを言ってるんですっ」

「まったく身に覚えはありませんか？　殺人者と標的の性犯罪者に一面識もなければ、捜査当局に怪しまれる心配はないでしょう。交換殺人なら、レイプ犯たちを抹殺しても疑われにくいですよね？」

「だからといって、わたしが誰かに交換殺人を持ちかけるわけないでしょ！　性犯罪被害者の家族会に入ってもいない。娘と同じ目に遭った被害者、その親族とコンタクトもできないんですよっ」

「不愉快な質問をしたことを謝罪します。情報の真偽を早く確かめたくて、つい芳賀さんを怪しむような言い方をしてしまいました。どうかご容赦ください」

「詫《わ》びてくれたから、水に流してもいいが……」

『『黒百合の会』と称する性犯罪被害者の家族会の者が、あなたに交換殺人を持ちかけてきたことはありませんでした？」

「ないね」

「三百万円の成功報酬を払ってくれたら、常盤雅志を代理で殺してやるという話もなかったですか？」

「そういうこともなかったよ。性犯罪被害者の親族の誰かがレイプ犯狩りを企んでるの？」

「その疑いがありそうなんです。常盤が秘密処刑組織に消されたのかどうかはわかりませんが……」

「常盤をぶっ殺してやりたいと思ったことは何遍《なんべん》もあるけど、そんな組織の手を借りたいとは考えないな。レイプ野郎を殺《や》るなら、自分の手を汚すよ。常盤はもう誰かに殺されてしまったから、娘の報復殺人はできなくなったけどね」

芳賀が複雑な笑い方をした。安堵《あんど》したような、それでいて残念そうな表情だった。

真理の父親は秘密処刑組織には関わっていないだろう。時任はそういう心証《しんしょう》を得て、ほどなく芳賀洋品店を出た。

エルグランドに乗り込んだ直後、品田から時任に電話がかかってきた。

「係長《ハンチヨウ》、すぐ近くに理沙ちゃんがいるのかな？」

「ええ」

「だったら、ちょっと離れてくれないか」

「わかりました」

時任は桐山理事官からの電話だと理沙に偽《いつわ》り、素早く運転席を出た。エルグランドから四、五メートル離れる。

「おやっさん、どうぞ喋ってください」

「ついさっき特命捜査対策室の石倉《いしくら》君と別れたんだが、『黒百合の会』の世話役と称する男が性犯罪被害者の親兄弟たちに電話をかけて交換殺人を持ちかけてるらしいんだよ」

「本当ですか⁉」

「石倉刑事は、確証のあることしか昔から口にしない男なんだ。虚偽情報《ガセネタ》じゃないだろう。

世話役は交換殺人に相手が気乗りしないと、すかさず三百万円の成功報酬で代理殺人を請け負ってもいいと切り出したらしいんだ」

「交換殺人はもっともらしい口実で、本当の狙いは代理殺人で儲《もう》けたかったんでしょう」

「そう考えてもよさそうだな。係長《ハンチョウ》、理沙ちゃんの伯父の組長は剣持勇って名だったね？」

「ええ、そうです」

「『黒百合の会』の世話役と称してる男は、剣持勇と名乗ったらしいんだよ。同姓同名の別人だと思うんだが、理沙ちゃんに聞かせたくない話だったんでね」

「剣持組は博徒《ばくと》系の二次団体で、あまり汚いシノギはしてないはずです。組長は仁侠道を大切にしてるし、真っ当な筋者《すじもの》ですよ」

「係長《ハンチョウ》は理沙ちゃんの伯父貴《おじき》とは何度か会ったことがあるんだったね？」

品田が確かめた。

「ええ。昔気質のやくざですよ。金欲しさに代理殺人を請け負ったりはしないと思うな。誰かが剣持勇の名を騙《かた》って、理沙の伯父貴を陥れようとしてるんでしょう」

「そうなら、石倉から聞いた話を理沙ちゃんに隠さないほうがいいね」

「ええ。彼女に話して、剣持組の組長宅に行ってみます」

時任は通話を切り上げ、エルグランドに駆け寄った。

4

庭から風流な音が響いてくる。

鹿威《ししおど》しが刻む竹筒の音だ。時任は、根津《ねづ》にある剣持宅の客間にいた。床の間付きの十畳間だった。

時任は理沙と並ぶ形で、赤漆《あかうるし》塗りの座卓に向かっていた。午後九時半過ぎだった。

「夜分に訪ねてきて、ごめんなさいね」

理沙が義理の伯母の小夜子《さよこ》に言った。組長の妻は、和服の似合う美人だった。五十二歳だが、まだ若々しい。

「いいのよ。それよりも、お待たせして悪いわね。あなたたちが見えたとき、剣持はお風呂に入ってたの」

「急に押しかけて、本当にごめんなさい。伯父に確かめたいことがあるんです」

「そうなの。ごゆっくり……」

小夜子は二人分のお茶を卓上に置くと、和室から出ていった。それから間もなく、剣持勇が姿を見せた。

大島紬《おおしまつむぎ》を粋に着こなしている。角帯《かくおび》をきりりと締めていたが、羽織は重ねていない。

「湯上がりなんで、まだ火照《ほて》りが引いてないんだ。羽織なしで、失礼させてもらうよ」

剣持が言いながら、座卓の向こう側に腰を落とした。

「こんな時間に失礼かとは思ったんですが、少し伺いたいことがあったものですんで」

時任は恐縮した。

「まだ宵の口さ。二人で揃って来たってことは、時任さん、姪を再婚相手に選んでくださったのかな？」

「いや、そうじゃないんですよ」

「理沙は口に出したことはないが、どうやら時任さんを特別な男性と思ってるようですよ」

「伯父さん、臆測で物を言わないでちょうだい。時任さんのことは好きよ。リスペクトもしてるわ」

「だったら、時任さんの奥さんにしてもらえよ。時任さんだって、理沙のことは嫌いじゃないようだしな」

「待ってよ、伯父さん。わたし、時任さんのことは大好きだけど、ライクなの。ラブじゃないのよ」

「小娘じゃないんだから、照れることはないじゃないか。そんなことを言ってる間に、あっという間に年増《としま》になっちまうぞ」

「年増なんて言葉は、もう死語でしょ？」

理沙が雑《ま》ぜ返した。

「オールドミスなんて言うよりも、ずっと語感がいいじゃねえか」

「伯父さんは時代遅れなのよ、すべてがね。その角刈りも流行遅れだし、常盆《じょうぼん》のテラ銭ではシノギがきつくなってるんだから、インターネットカジノで儲けりゃいいと思うけどな」

「時流に乗って楽に生きようとするなら、とうの昔に経済マフィアになってらあ。そうすりゃ、ロールスロイスだって乗り回せただろうよ」

「だけど、そんな生き方をしたら、筋者として恥ずかしい？」

「そうだな。おれだけじゃなく、組の者たちはそう思ってる。愚連隊《ぐれんたい》上がりの組織みたいに麻薬の密売、裏金融、詐欺、管理売春で荒稼ぎするようになっちまったら、終わりだよ。剣持組《うち》だって違法ビジネスはやってる。けどな、堅気や女を泣かすようなことはしていない」

「その点は立派だわ。でも、下っ端の組員は内縁の妻たちに食べさせてもらってるんでしょ？」

「そういう組員もいることはいるな。けど、内妻にホステスや店員をやれって強要した奴はひとりもいないだろう。一緒に暮らしてる女たちが自発的に働いてくれてるんだよ」

「でも、世間的に見れば、喰えてない博徒はヒモよね」

「ヒモとは違うよ」

「そうなのかな」

剣持が口を閉じた。気まずい空気が流れる。時任は玉露で喉を湿らせてから、来訪の目的を明かした。

「おれの名を騙った野郎には心当たりがあるよ」

剣持が苦々しげに言った。

「そいつのことを教えてもらえますか」

「いいとも。おそらく性犯罪被害者の親族に交換殺人を持ちかけて、場合によっては三百万で代理殺人を請け負うと言ったのは椎橋努《しいばしつとむ》って野郎だろう」

「やくざ者なんですか？」

「元組員だよ。ある広域暴力団の三次団体の準幹部だったんだが、高校生の姪をレイプした半グレをぶっ飛ばして、全治三カ月の重傷を負わせたんだ。四年ほど前のことだよ。その当時、おれも傷害罪で府中《ふちゅう》刑務所に入ってたんだ」

「椎橋という男も、同じ刑務所に送り込まれてきたんですね？」

「そう。雑居房は別だったんだが、おれがいた木工班に配属されてきたんだよ。椎橋が姪を姦《や》った野郎を半殺しにしたという話を聞いたんで、ちょっと見所がある奴だと思って……」

「目をかけてやったんですね？」

「そう。椎橋は筋《すじ》を噛んでる人間だが、性犯罪者は殺人犯以下だと嫌ってたんだ。レイプされた姪を自分の娘のようにかわいがってたようだから、力ずくで女をものにした男たちを憎んでたんだろう。その点はまともだったんだが、椎橋は狡《ずる》い奴だったんだ」

「そうなんですか」

「同室者が規則を破ってもいないのに、担当刑務官に告げ口をして点数稼いで、その見返りにスマホを借りたりしてたんだよ。そういう弱みにつけ込んで、刑務官から煙草やチョコレートを差し入れさせてたんだ」

「油断のならない奴ですね」

「まったくな。椎橋は両刀遣い《バイセクシュアル》だったんだよ。女っ気がないんで、刑務官から手に入れた煙草やチョコで釣って新入りの同室者にマラをしゃぶらせたり、尻《けつ》に突っ込んだりしてたんだ」

「伯父さん、表現がストレートすぎるわ」

理沙が苦く笑った。剣持が頭に手をやる。

「おかしなことをされた新入りの同室者が同性愛者なら、目をつぶってやったさ。けどな、相手は異性愛者だったんだ。そいつが要求を拒んだら、椎橋は木工作業に使う彫刻刀をくすねて、それで相手をビビらせて……」

「欲望を満たしてたのね？」

「そうなんだ。だから、おれは木工作業中に椎橋の利き手の中指の生爪《なまづめ》を剝《は》いでやった。それでもって、同室者に変なことをつづけたら、刑務官との関係や悪さのことをバラすぞと椎橋に凄んだんだ」

「で、椎橋という奴は品行を改めるようになったの？」

「そうみたいだな。奴は一年半ぐらい前にシャバに出たんだが、足《ゲソ》をつけてた組を破門《はもん》になった。服役前に椎橋は縄張り《シマウチ》内の飲食店から、みかじめ料を二重取りしてたんだよ」

「そのことが発覚して、破門になったのね？」

「ああ、そうなんだ。理沙も知ってるだろうが、椎橋は絶縁になったわけじゃないから、別の組の盃を貰うことはできる。けど、自分を拾ってくれる組はないだろうと判断したんだろうな。椎橋は足を洗って、裏便利屋になったようだ。性犯罪者狩りを請け負ってるって噂されてたから、『黒百合の会』と称して交換殺人の話を持ちかけたり、代理殺人の依頼人を探してたんだろう」

「去年の九月と十二月に不同意性交等罪で服役したことのある男たちが何者かに殺害されたけど、性犯罪被害者の親族は交換殺人はやってないようなの。それから、代理殺人も依頼してないらしいのよ」

「それなら、椎橋はその二つの事件には関与してないのか。いや、椎橋が商売抜きで誰かに二人のレイプ野郎を片づけさせたとも考えられるな。あいつは、性犯罪者を目の仇《かたき》にしてたから」

「椎橋自身が手を汚したとは考えられない？」

「それはないだろう。狡猾《こうかつ》な野郎だから、冷血な実行犯に犯行《ヤマ》を踏ませたにちがいないよ」

「椎橋はどこに住んでるの？」

「以前は上野の賃貸マンションに住んでたんだが、どっかに引っ越したはずだ。代貸《だいがし》の戸浦《とうら》に電話して、ちょっと調べさせよう」

剣持が立ち上がって、和室から出ていった。

時任は、また玉露を飲んだ。釣られて理沙も湯呑み茶碗を持ち上げる。

「組長が言った通りだとしたら、新見香織の血縁者が椎橋に代理殺人を依頼して、深沢耕平を葬ってもらったと推測できないか？」

時任は理沙に言った。

「新見香織はレイプされてはいないのよ。未遂だったわけだから、親兄弟が何百万円もの成功報酬を払って代理殺人を依頼するかな。それに、香織が犯されそうになったのは十二年前の秋でしょう？」

「そうだが、香織は婚約を破棄されたことがショックで自殺した。遺族としては、性犯罪の加害者が三年数カ月刑に服しただけでは恨みが消えないんじゃないか」

「そうかもしれないけど、新見敏はペットショップを潰して犬のトレーナーとして細々と食べてるみたいだから、何百万円も成功報酬を工面するのは難しいと思うのよ」

「そうか、そうだろうな。椎橋という元やくざは性犯罪者を目の仇にしてたそうだから、深沢を生かしておけない気持ちになって、ビジネス抜きで実行犯に……」

「くどいようだけど、新見香織は犯されたわけじゃないのよ。椎橋がビジネス抜きで性犯罪者狩りをしてるんだとしたら、レイプ犯から処刑していくんじゃない？」

「ま、そうだろうな。しかし、『フェニックス・コーポレーション』の尾形専務は『黒百合の会』と称する正体不明の団体から深沢宛に殺人予告メールが送信されてきたと言ってた」

「ええ、そういう話だったわね。時任さん、こうは考えられない？　深沢を撲殺した犯人が『黒百合の会』の犯行と思わせるため、新宿のネットカフェからフリーメールを……」

　理沙が言った。

「なるほど、そう筋を読むこともできるな。そうだったとしたら、深沢殺しの犯人は『黒百合の会』と名乗る個人か団体が実在することを知ってたんだろう」

「そうなるわね。『フェニックス・コーポレーション』の社長を殺害した奴は椎橋という元やくざから交換殺人を持ちかけられたか、代理殺人を売り込まれたんじゃない？　それだから、『黒百合の会』の仕業と見せかける細工をしたんでしょうね」

「そう考えると、深沢は表沙汰にはならなかったが、一、二年前にどこかで女性を犯したのかもしれないな。被害者か、その親族がどこかで『黒百合の会』のことを聞いて、代理殺人を依頼したんだろうか。いや、そうじゃないな。そうなら、『黒百合の会』の犯行と匂わせたりしたら、自分も警察に捕まってしまう恐れがある」

「ええ、そうね。まだ解けない謎がある。時任さん、焦《あせ》らずに一歩ずつ真相に近づいていこう」

「そうするか」

時任は相槌を打った。

ちょうどそのとき、剣持が客間に戻ってきた。袂《たもと》から携帯電話《ガラケー》、メモ帳、ボールペンを取り出し、座卓の上に置いた。

「代貸の戸浦さんが連絡をくれることになってるのね？」

理沙が伯父に問いかけた。

「そうなんだ。戸浦は社交的な性格だから、おれよりも顔が広いんだよ。情報網を使って、椎橋の転居先をじきに突きとめてくれるだろう。理沙、腹は空いてないか？　女房にあり合わせの物で何か手料理を作らせてもいいぞ」

「ううん、お茶だけで充分よ」

「そうか。愛想《あいそ》なしで済まねえ。もう少し早く来てくれりゃ、馴染《なじ》みの鮨屋から出前してもらったんだが……」

「わたしたちに気を遣わなくてもいいから、八十数人の組員を食べさせてやれる新ビジネスを真剣に考えてみたら？」

「耳の痛いことを言うね。おれに商才があれば、組の者《もん》たちに貧乏させなくてもいいんだろうが、銭儲けは苦手だからな」

「従兄《いとこ》の悠《ゆう》ちゃんが生きてれば、何かいい知恵を出してくれたんでしょうけどね」

「まさか倅《せがれ》が若くしてバイク事故で死ぬなんて思ってなかったよ。享年《きょうねん》二十三だった」

剣持がしんみりと言った。

そのすぐ後、卓上で携帯電話が着信音を発した。剣持が手早く携帯電話を摑み上げる。時任は耳をそばだてた。発信者は代貸の戸浦のようだった。

「仕事が早《はえ》えな。で、椎橋の転居先は？」

「…………」

「深川二丁目の『スカイプラザ』ってマンションの六〇六号室だな。事務所兼自宅か。椎橋が『黒百合の会』という名称を使って、代理殺人を三百万から五百万の成功報酬で請け負ってることは間違いないんだな？」

「…………」

「性犯罪被害者の親兄弟に交換殺人を持ちかけてるかどうかはわからないんだな？　いや、そこまでしなくてもいいよ。椎橋のスマホのナンバーも調べてくれたのか。ああ、教えてくれ」

剣持がボールペンを握って、メモを取った。

「いま、椎橋はてめえの家《ヤサ》にいるんだな？　時々、殺し屋《プロ》と思われる二人の男が六〇六号室に出入りしてるが、ふだんは二十代の男と女を交互に泊めてるようなのか」

「…………」

「いや、どっちも椎橋のセックスパートナーだろうな。そう、奴は二刀流なんだよ。男も女も抱きたいなんて、欲張りな野郎だぜ」

「…………」

「ああ、そうなんだろうな」

「…………」

「戸浦が動く必要はねえよ。こっちでうまく処理すらあ。ああ、悪かったな」

通話が終わった。

剣持がいったん電話を切って、卓上のメモに目をやった。

「伯父さん、椎橋をどこかに誘《おび》き出す気なのね？」

理沙が早口で訊いた。

「椎橋に生爪を剝がしたことを謝って、手伝ってもらいたい仕事があるとでも言ってさ、奴をここに呼びつけるよ。時任さんと理沙が『スカイプラザ』の六〇六号室に乗り込んだとき、椎橋に雇われてる殺し屋《プロ》のどっちかが運悪く部屋にいるかもしれないからな。そうなったら、まずいことになるじゃないか」

「心配ないわ。特任密行捜査をやってる時任さんは常時、拳銃の携行を認められてるのよ」

「そうだろうが、椎橋に雇われてる殺し屋《プロ》が射撃の名手とも考えられるから、罠《わな》を仕掛けて捜査対象者をここに誘き寄せたほうがいいな」

「剣持さん、大丈夫ですよ。おれひとりで、椎橋の事務所兼自宅に乗り込みます。姪御さんを泊めてやってください」

時任は言った。

「それはかまわないが……」

「時任さん、わたしを味噌《みそ》っ滓《かす》にしないでちょうだい。これまでも犯人逮捕まで一緒だったでしょ！」

「そうだが、椎橋に使われてる男たちは殺人者と思われる。だから、侮《あなど》れないよ」

「どうってことないわ。時任さんが六〇六号室のインターフォンを鳴らしても、椎橋は警戒してドアを開けないかもしれないでしょ？　でも、女のわたしなら、この時刻でも無防備にドアを開けると思うの」

「そうだろうが……」

「このメモ、貰うね」

理沙が卓上の紙片を抓《つま》み上げ、先に部屋を飛び出した。時任は挨拶もそこそこに理沙を追った。早くも理沙はパンプスを履《は》き終えていた。

「六〇六号室のドアが開いたら、すぐにおれの後ろに回りこんでくれ」

時任は理沙に言って、路上に駐《と》めたエルグランドに走り寄った。運転席に入ると、すぐに理沙が助手席に乗り込んできた。

時任はシフトレバーをＤ《ドライブ》レンジに入れ、アクセルペダルを踏み込んだ。深川に向かう。

幹線道路は意外にも空いていた。

『スカイプラザ』まで三十分もかからなかった。

八階建ての賃貸マンションの出入口は、オートロック・システムにはなっていなかった。

時任たち二人は勝手にエントランスロビーに入り、六階まで上がった。

六〇六号室のネームプレートには、椎橋という姓だけが記されている。理沙が六〇六号室のインターフォンを鳴らす。

ややあって、スピーカーから中年男性の声が流れてきた。

「どなたかな？」

「明日、お隣の六〇五号室に引っ越してくることになった佐藤《さとう》といいます」

「えっ、六〇五号室に住んでた方はいつ転居したの？」

「一週間ほど前に越されたはずですよ」

「そうなのか。まったく知らなかったな。もっとも顔を合わせたときに会釈《えしやく》するだけで、つき合いはなかったんで」

「ご挨拶代わりにスプーンとフォークのセットを六階の各室にお配りしてるんですけど、受け取っていただけます？」

「それはご丁寧《ていねい》に。いま、ドアを開けます」

ドアの向こうで、足音が響いた。

時任は理沙を自分の背後に立たせ、前に出た。内錠が外され、ドアが開けられる。

「六〇五号室に引っ越してくる佐藤です」

「インターフォンを鳴らしたのは、奥さんだったのか」

「いいえ、妹です。あなたは『黒百合の会』を運営されてる椎橋さんでしょ？」

「椎橋だが、なんとかという会は知らないな」

「警戒しなくてもいいんですよ。わたし、わかってるんですから。実は自分の妹が先月、ある男にレイプされたんです。世間体を考えて警察に被害届は出さなかったんですが、このままでは気持ちが収まりません」

「だろうね」

「二千万円払いますので、妹を犯した男を始末してもらいたいんですよ。あなたは代理殺人を請け負ってらっしゃるんでしょ？」

「成功報酬が二千万円だって⁉　後ろにいるのが妹さん？」

「そうです」

「二人とも部屋に入って。レイプ野郎は殺し屋《プロ》に十日以内に片づけさせるよ。標的のことを細かく教えてもらいたいから、とにかく二人とも中に入ってほしいな」

「警視庁の者だ」

時任は告げて、ショルダーホルスターから拳銃を引き抜いた。

「あんた、頭がおかしいんだな」

「すぐに警察手帳を見せてやるから、玄関マットの上に両膝をつけ。それから、頭の上で両手を重ねるんだ。元ヤー公なら、このシグＰ230Ｊが真正銃《しんせいじゅう》だってことはわかるよな？」

「わ、わかるよ」

椎橋が掠《かす》れた声で答え、命令に従った。時任は拳銃を左手に持ち替え、上着の内ポケットから警察手帳を摑み出した。短く椎橋に見せて、懐に戻す。

「おれは性犯罪被害者の身内に交換殺人で加害者を始末しろと唆《そそのか》したり、代理殺人を請け負うとセールスしたが、自分の手はまったく汚してないんだ。十二件の代理殺人を引き受けたが、実行犯は元陸自のレンジャー隊員と傭兵《ようへい》崩れの男なんだよ。元自衛官は白根朋和《しらねともかず》、三十七歳だ。傭兵崩れは小渡到《こわたりいたる》という名で、四十一歳のはずだ」

「代理殺人のほかに、その二人に常盤雅志と郡司昭という性犯罪の前科のある奴らを殺《や》らせたんじゃないのかっ」

「それは商売抜きで、おれが白根と小渡にやらせたんだよ。おれの姪っ子もレイプされたんで、悪質な性犯罪者は順番に処刑するつもりだったんだ。そのためには、代理殺人も請け負わざるを得なかったんだよ。おれの取り分は成功報酬の四割だったんだ。残りの六割は実行犯の二人に渡してやった。金に不自由してなかったら、無償で性犯罪者狩りをやれるんだがな」

「先月七日、『フェニックス・コーポレーション』の深沢社長が自宅で何者かに撲殺されて、切断されたペニスを口の中に突っ込まれてたよな。そっちが白根か小渡にやらせたんじゃないか？」

「その事件にはタッチしてないよ。強姦《ツッコミ》で刑務所《ムショ》に入った奴のリストは持ってるが、準強姦や強制わいせつで検挙《アゲ》られた連中の処刑は後回しにする予定なんで、深沢はまだターゲットになってなかったんだ。本当だよ」

　椎橋が言った。

　時任は、シグP230Jの安全装置を外した。すでに初弾は薬室《チャンバー》に送り込んである。

「う、撃つ気なのか!?」

「そっちが嘘をついてると感じたら、暴発を装ってシュートする。もう一度訊《き》くぞ。深沢耕平を誰かに殺《や》らせたことはないんだな？」

「嘘じゃないって。白根と小渡が借りてるマンスリーマンションを教えるから、ハンドガンをホルスターに戻してくれよ。小便、チビりそうなんだ」

椎橋が玄関マットに顔を埋《うず》め、わなわなと震えはじめた。信用してもよさそうだ。
時任は拳銃にセーフティーロックを掛けた。

第五章　強欲の代償

1

長嘆息《ちょうたんそく》しそうになった。

時任は奥歯を嚙みしめた。自宅マンションの居間である。ソファに座っていた。午後二時過ぎだった。

椎橋努を桐山理事官の直属の捜査員たちに引き渡したのは、一昨日《おととい》の午後十一時過ぎだ。その数十分後、江戸川《えどがわ》区内のマンスリーマンションにいた元自衛官の白根朋和は緊急逮捕された。

だが、傭兵崩れの小渡到は錦糸町《きんしちょう》のマンスリーマンションにはいなかった。本能的に危険を察知《さっち》して、どうやら逃亡を図ったようだ。全国指名手配されているが、まだ逮捕されていない。

前日の取り調べで、椎橋は二十数人の性犯罪被害者の親族に交換殺人を唆したことを自白した。しかし、その気になった者はいなかったという。

やむなく椎橋は十二件の代理殺人を請け負い、六件ずつ白根と小渡の手を汚させた。さらに二人の殺し屋《プロ》に二百万円ずつ謝礼を渡し、常盤雅志と郡司昭を処刑させた。椎橋は一種の免罪符《めんざいふ》として、持ち出しでレイプ犯を葬らせたようだ。

白根は観念し、六件の代理殺人を認めた。さらに去年の九月に八王子の裏通りで常盤をコマンドナイフで刺し殺したことも自白した。椎橋の供述通り、白根は捜査本部事件には関わっていなかった。

逃亡中の小渡も六件の代理殺人を行ない、去年の十二月に郡司を撲殺しただけらしい。深沢耕平の殺害には絡んでいないことが明らかになった。

だいぶ迷走したことになる。捜査は無駄の積み重ねとはいえ、徒労感が萎《しぼ》まない。

時任は煙草を喫いながら、これまでの捜査の経過を振り返ってみた。すると、素朴な疑問が湧《わ》いた。

『フェニックス・コーポレーション』の深沢社長は、どうやって事業資金を調達したのだろうか。

実家だけではなく、養父母も経済的にはあまり恵まれていなかったはずだ。深沢は服役後、職を転々としていた。まとまった貯《たくわ》えはなかっただろう。

深沢は何か不正な方法で大金を手に入れ、それを事業資金に充《あ》てたのではないのか。尾形専務と未亡人の瑞穂はそれを知りながら、口を噤《つぐ》んでいたのかもしれない。

時任は、改めて二人に会って探りを入れることにした。煙草の火を消し、外出の仕度に取りかかる。

ほどなく時任は部屋を出て、エルグランドに乗り込んだ。南青山に急ぐ。

『フェニックス・コーポレーション』に着いたのは、およそ二十分後だった。

時任は車を路上に駐め、本社ビルのエントランスロビーに入った。受付で、尾形との面会を求める。

「七階の専務室でお待ちするとのことです」

内線電話を切った受付嬢が笑顔で告げた。

時任は礼を述べて、エレベーター乗り場に足を向けた。七階に上がる。専務室に入ると、尾形は応接セットの近くで待ち受けていた。

「お忙しいところを申し訳ありません。肝心なことを深く訊かなかったものですんで……」

「取りあえず、掛けましょうか」

尾形が言った。

二人は、ほぼ同時にソファに座った。コーヒーテーブルを挟む形だった。

「肝心なこととおっしゃると……」

尾形が促《うなが》した。

「亡くなられた深沢社長は、あちこちから借金して事業資金を工面《くめん》したんですよね？」

「ええ、故人はそう言っていました」

「具体的には、どういったところから融資を受けたのでしょう？　担保物件があったわけではないから、銀行では開業資金は借りられなかったと思うんですよ」

「ええ、借りられなかったでしょうね。社長は社名までは教えてくれなかったのですが、不動産会社やパチンコ業者に頼み込んで、一千万とか二千万とか融通してもらったようなことを言っていました」

「たとえ儲かっている会社であっても、知らない人間にそれだけの額の金を貸すだろうか」

時任は小首を傾《かし》げた。

「そうおっしゃられると、確かにそうですよね。もしかしたら、社長は暴力団の企業舎弟《フロント》に起業の趣旨を熱っぽく語って、事業資金を回してもらったのかもしれないな。二十年ぐらい前から、フロントはベンチャービジネスに投資していますのでね。そのビジネスが成功すると、フロントは経営権を巧妙な手口で奪ってしまうケースが多いんですが……」

『フェニックス・コーポレーション』は大成功したんですから、フロントから事業資金を提供してもらってたんなら、この会社は乗っ取られてたでしょ？　そんな動きがあったんですか？」

「いいえ、そういうことはありませんでした。フロントと関わりのある男たちが会社を訪ねてくるようなこともなかったな」

「それでしたら、深沢さんはフロントからは融資を受けていなかったんでしょう」

「ええ、そうなんでしょうね」

「身内に資産家がいるという話を聞かれたことは？」

「ありません」

「となると、深沢さんは法に触れる手段で事業資金を調達したのかもしれませんね」

「そんなことは……」

「全面的に否定することはできないのではありませんか？」

「ええ、まあ。社長はギャンブルで大穴を当てたのではないのかな」

「故人が競馬やオートレースの話をしたことがありました？」

「いいえ、なかったですね」

「それなら、ギャンブルで大金を得たんではないでしょう。仮に万馬券を運よく数十枚買ってたとしても、数千万円にはなりませんから」

「そうですね」

「深沢さんが麻薬ビジネスで荒稼ぎしてたとは考えられませんか？」

時任は畳みかけた。

「堅気が麻薬ビジネスなんかできないでしょ？」

「とは限りませんよ。オランダやドイツの大学生がマリファナやコカインをネットで大量に密売していた事例があります。卸元も犯罪組織ではなかったので、事件がなかなか発覚しなかったんですがね。それから、３Ｄプリンターで密造した拳銃を売っていたＩＴ企業の社員もいました」

「ですが、社長がそういった違法ビジネスで儲けていたとは思えません」

「中国や韓国から偽ブランド品を仕入れて、ネット販売していたとも考えられないだろうか」

「ええ、考えられませんね」

「そうですか。ところで、深沢さんが女性社員を力ずくで犯して騒ぎになったことは？」

「社長は女好きでしたが、自分の会社の女の子に手をつけたことはありません。そんなことをしたら、社員たちが従《つ》いてこなくなっちゃうでしょ？」

「そうでしょうね。ホステスや他社の女性社員をレイプしたことで、その親族に怒鳴《どな》り込まれたこともなかったのかな？」

「そういうこともありませんでしたね。あのう、まだ犯人の目星はついてないのでしょうか？」

尾形がためらいがちに訊いた。

「ええ、残念ながら……」

「そうですか。きのう、社長夫人から電話で相談を受けたんですよ」

「どんな相談を受けられたんです？」

「事件がなかなか解決しないんで、情報提供者には謝礼を支払ってもいいと思っているそうなんですよ。お子さんの親権を巡って社長夫妻は争っていたので、瑞穂さんは自分が疑われてるようだと……」

「夫人の弟が深沢さんを数日監禁して、子供の親権を自分の姉に渡せと二、三発殴ってますからね。姉弟《きょうだい》が深沢さんを殺害したのではないかと疑う者もいたかもしれないな」

「そうでしょうね。情報提供者に謝礼を支払うことについては、どう思われますか？」

「失踪人の情報に家族が謝礼を払うケースはありますが、殺人事件の被害者の遺族が情報提供料を出した例は少ないと思います」

「そうですか。そんなことをしたら、かえって瑞穂さんと井本健君は疑われてしまうかもしれないな」

尾形が言った。

「でしょうね。あなたは、社長夫人を下の名で呼んでいますが、ずいぶん親密な御関係なのかな」

「瑞穂さん、いや、夫人とは二人三脚で会社を守《も》り立てていこうってことになってるんですよ。別に疚《やま》しい間柄なんかじゃありません」

「一線を越えていたとしても、専務と社長夫人が共謀して深沢さんを殺したのではないかと疑ったりしませんから、ご安心ください。ご協力、ありがとうございました」

時任はソファから立ち上がって、大股で専務室を出た。表に出ると、すぐにエルグランドに乗り込んだ。

時任は、深沢瑞穂の実家に車を走らせた。

目的の家に着いたのは三十数分後だった。インターフォンを鳴らすと、瑞穂が応答した。時任は名乗った。

待つほどもなく瑞穂が現われた。時任は居間に通された。そこには、瑞穂の実弟の井本健がいた。目許が姉に似ている。

「義兄《あに》の件ではお世話になっています」

井本が長椅子から立ち上がって、折り目正しく挨拶した。時任は自己紹介し、井本の正面のソファに腰を据《す》えた。

瑞穂が弟のかたわらに座り、時任に顔を向けてきた。

「きょう、いらしたのは？」

「確認させてもらいたいことがあるんですよ。ご主人は事業資金をあちこちから借りたと周辺の人たちに語っていたようなんですが、尾形専務は貸し手のことは何も聞いていないらしいんです。奥さんはどうでしょう？」

「わたしも詳しいことは教えてもらっていませんでした。でも、職を転々としていた深沢にメガバンクはもちろん、地銀《ちぎん》や信用金庫も無担保で六千万円の開業資金を貸してくれるはずはないと思います」

「でしょうね」

「夫は女にだらしがなかったから、関係のあった相手とのプレイを撮影して……」

「相手の女性たちから、一種の口止め料として数百万円ずつ脅し取っていたのではないかと推測されたようですね？」

「ええ。三十人の女性から二百万円ずつ脅し取れば、総額で六千万円になるでしょ？　脅迫された相手は自分の貯えを吐き出したり、親兄弟にお金を借りて夫に渡してたんじゃないのかしら？」

「義兄《にい》さんは、おれには宝くじで一億円当たったんで、それを開業資金に充《あ》てたと言ってたな」

井本が姉に言った。

「えっ、本当なの!?　そんな話、わたしにはしなかったわよ」

「宝くじの賞金を事業資金にしたと正直に話したら、なんとなくカッコ悪いと思ったんじゃないのかな。自分の才覚で、事業資金を捻出したわけじゃないからさ」

「確かにカッコよくはないわね」

「その宝くじを販売してたのは、どこの団体かな」

時任は井本に問いかけた。

「それについて具体的には言いませんでしたけど、とにかく一億円を射止《いと》めたんで、立ち喰いイタリアンレストランを数カ月の間に三店舗もオープンできたんだと言っていましたよ。安く本格的なイタリアンを提供したんで、予想以上に繁昌したんだと語ってたな。それだから、次々にチェーン店を増やせたんだとも言ってましたね」

「その話が事実かどうか、すぐに調べてみます。殺人事件に絡んだことなので、正式なルートで確認すれば宝くじを発行してる団体は高額当選者の中に深沢さんがいるかどうか回答してくれるでしょう」

「そうだといいわね」

瑞穂が言った。

「故人が義弟の井本さんに喋った話が事実でないとしたら、何か悪事で開業資金を調達したとも疑えますね。といっても、さきほど奥さんが推測された手段で事業に必要な資金を捻出したのではないと思いますが……」

「そうなんでしょうか」

「深沢さんは服役したことがあります。そのとき、雑居房で裏社会の受刑者と親しくなったとすれば、その男とつるんで何か悪事を働いたのかもしれません。最も手っ取り早く荒稼ぎできるのは、覚醒剤《かくせいざい》の密売でしょうね」

「夫には前科がありましたけど、刑務所で知り合った組員たちとはつき合っていませんでしたよ」

「そうですか。準構成員とか半グレとの交友もなかったのかな」

「ええ、なかったと思います。深沢は前科者でしたけど、アウトローを嫌っていましたんで。

もしかしたら、服役中に暴力団の組員たちにいじめられたのかもしれませんね」

「そういうことはあったでしょう。性犯罪で服役してる者は、受刑者の中で最低のランクに位置づけられて、さまざまな厭《いや》がらせを受けたりするんですよ。理由もなく突き飛ばされたり、夕食のコロッケを先輩格の受刑者に取られたりね。いろんな悪事に手を染めてきた組員たちにも軽蔑されてるんです」

「か弱い女を犯す男は最低ですので、そういう扱いを受けても仕方ないのでしょうかね。そのせいかどうか、深沢は裏社会の人間とは明らかに距離を置いていました」

「そういうことなら、やくざと結託して麻薬ビジネスで荒稼ぎしてたとは考えられないな」

「そう思います。夫が何か法に触れることで事業資金を工面したんだとしたら、そのときの共犯者に命を奪われたとも考えられますね」

「ええ、否定はできないな。もう少し時間をください。必ず犯人を突きとめます。どうもお邪魔しました」

時任は暇《いとま》を告げ、瑞穂の実家を辞した。外に出て、エルグランドの運転席に入る。

シートベルトを掛けたとき、桐山理事官から電話があった。

「指名手配中の小渡到が水戸《みと》駅近くの交番に押し入って、二人の巡査のリボルバーを奪ったんだ。小渡はグロック26の銃口を突きつけて、巡査たちを人質に取って立て籠《こも》ってるらしい」

「小渡は何を要求してるんです？」

「警察の航空隊のヘリをリレーで飛行させ、自分と二人の人質を石垣島《いしがきじま》沖で待機予定の台湾の密航船まで運べと要求してるそうだ」

「で、茨城県警は？」

「人質の命を最優先させて、小渡の要求を呑むようだね。しかし、県警の機動隊の狙撃班を密かに出動させる気らしい。小渡は六件の代理殺人をこなし、郡司昭も撲殺してる。逮捕されたら、死刑になるだろう」

「ええ。必死で国外逃亡を図る気でいるんでしょうから、刺激したら、人質を射殺して自分の頭を撃ち抜きそうですね」

「そうだな」

「こっちも理事官に電話しようと思ってたんですよ。八、九年前の宝くじの高額当選者の中に深沢耕平がいるかどうか、管理官か直属の捜査員に調べてもらってくれますか？」

「どういうことなんだ？」

「深沢は義弟の井本健に宝くじで一億当てたんで、それを事業資金に充てたと語っていたらしいんですよ」

「作り話なんじゃないのか」

「その話が事実でなかったら、深沢は何か悪事で開業資金を工面したんでしょう。そのときの共犯者が『フェニックス・コーポレーション』の社長を猟奇殺人に見せかけて、撲殺したとも考えられます」

「そうだったんだろうか。すぐに調べさせよう」

「お願いします」

時任は通話を切り上げた。

2

静かだった。

両隣のレンタルルームは利用されていないようだ。時任は赤坂《あかさか》の田町《たまち》通りにあるレンタルルームの一室で、桐山理事官を待っていた。間もなく約束の午後四時になる。

理事官から連絡があったのは一時間ほど前だった。

半《なか》ば予想していたことだが、宝くじの高額当選者の中に深沢耕平はいなかった。やはり、『フェニックス・コーポレーション』の社長だった男は何か不正な手段で事業資金を調達したと思われる。

　時任は確信を深め、桐山に巨額絡みの未解決事件の関係調書を急いで集めてくれるよう頼んだ。それから彼は遅い昼食を摂《と》り、このレンタルルームに来たのである。ここで桐山理事官と幾度か落ち合ったことがあった。

　時任はセブンスターに火を点けた。

　三口《みくち》ほど喫ったとき、懐で私物のスマートフォンが震えた。時任は煙草の火を消し、手早くスマートフォンを摑み出した。発信者は理沙だった。

「椎橋に雇われてた殺し屋《プロ》の小渡到が水戸駅近くの交番に立て籠《こも》って、とんでもない要求をしてるわね。テレビのニュースに釘づけになってるの」

「そうか。小渡は国内に潜伏しつづけるのは無理だと判断して、二人の交番巡査を弾除《たまよ》けにし、台湾にいったん逃げるつもりなんだろう。それで、ほとぼりが冷めたころに東南アジアのどこかに高飛《ジャンプ》びする気なんだろうな。あるいは、中国大陸に渡るつもりなのかもね」

「小渡は本気で国外に逃れられると思ってるのかしら？」

「五分五分の賭けと思ってるんじゃないか。警察は身内を庇《かば》う体質を捨て切れない。二人の制服警官を見殺しにはしないだろう」

「でも、茨城県警の狙撃班のメンバーが交番の周辺のビルの屋上や非常階段の踊り場から小渡に照準を合わせてるわ。立て籠り犯が隙《すき》を見せたら、撃てという命令が下されるんじゃない?」

「そうだろうな。ただ、小渡は狙撃手たちのいる位置を完全に把握してて、二人の人質を楯《たて》にしてるはずだ」

「でしょうね。小渡は有名私大を中退後、フランス陸軍の外国人部隊に入ったはずよ。旧仏領のジブチでフランスの政府関係者や軍人の護衛を務めてから、イギリスの傭兵派遣会社に登録して、アラブ圏やアフリカの政情不安定な国で反乱軍や過激派組織とドンパチやってきた。長いこと戦場に身を置いてるうちに、人殺しの快感を覚えてしまったんじゃない?」

「そうなんだろうな。金欲しさに殺しを請け負ってたんだったら、数百万円の成功報酬じゃ満足しないにちがいない。銭よりも殺人の快楽を得たいんじゃないか」

時任は言った。

「元陸自のレンジャー隊員の白根朋和も、人殺しの快感が忘れられなくなったんじゃないのかな?」

「ああ、多分ね」

「例の過激派組織には九十カ国近くから志願した若い戦闘員がいるそうだから、世界中の人たちがストレスを抱えてクレージーになってるんでしょう。困ったことだわ」

「そうだな」

「それはそうと、椎橋は白根にも小渡にも深沢を始末しろとは指示してないことがはっきりしたんでしょ？」

「捜査本部事件には、椎橋、白根、小渡の三人は関わってないんだろう」

「ということは、捜査は振り出しに戻ってしまったのね」

「そうなんだが、謎を解く緒《いとぐち》は摑めそうなんだ」

「えっ、そうなの。さすが時任さんね」

理沙の声が明るくなった。時任は、深沢の事業資金のことに触れた。

「深沢は義弟に宝くじで高額賞金を得たと言ってたけど、その裏付けは取れなかったのね。なら、時任さんが推測した通りなんじゃない？　深沢は何か悪いことをして、事業資金を調達したんでしょう。ええ、そうにちがいないわ」

「遅い昼飯を喰う前に品田のおやっさんに電話して、おれの筋の読み方はどうだろうって訊いてみたんだ。おやっさんは外れていないだろうと言ってくれたよ」

「元刑事と現職がそう思ったんだったら、間違いないんでしょう。大金の絡んだ未解決事件をチェックしてみれば、何か手がかりを得られると思うわ」

「もう手は打ったよ。理事官に八、九年前までに発生した巨額絡みの強盗事件、詐欺で未解決の事件の調書を集めてもらってる。いま赤坂のレンタルルームで、桐山さんを待ってるんだよ。そろそろ現われるころだろう」

「なら、電話を切るわ。わたしに手伝えることがあったら、声をかけて」

理沙の声が途絶えた。

時任は、私物のスマートフォンを上着の内ポケットに収めた。十数秒後、レンタルルームに桐山理事官がやってきた。

「わざわざご足労いただきまして……」

時任はソファから立ち上がって、まず相手を犒《ねぎら》った。桐山が笑顔でうなずき、時任の前に腰かけた。時任も尻をソファに戻した。

「三人の管理官に手分けして該当しそうな未解決事件の調書を集めてもらったんだが、これはと思うものがあったよ」

「どんな事件だったんでしょう?」

「八年二カ月前、東都《とうと》銀行渋谷支店から集配された二億八千万円が現金集配車ごと二人組に強奪されたんだが、未解決のままなんだ。現金集配車に乗っていた警備会社のガードマン二名は犯人たちに催涙《さいるい》スプレーを顔面に噴射され、どちらも大型スパナで側頭部と肩を強打されて全治二カ月の大怪我を負わされた。その後も、現金と集配車は、どこからも発見されなかったんだよ」

「そうですか」

「二人組を手引きしたと疑われた警備会社の池端義海《いけはたよしみ》という社員は、深沢と同じ高校の卒業生だったんだ。けれど、深沢は池端よりも四つ年上だから、在学中はまったく二人は会っていないんだよ」

「なるほど」

「しかし、九年前に開かれた高校のＯＢ同窓会に池端と深沢の両方が出席して、記念写真に収まってた」

「接点があったんですね」

「そうなんだよ。当時、深沢は仮出所して間がなかったんで、田所耕平として出席したんだ。ただね、同窓会の会場で池端と深沢が言葉を交わしたという証言は得られなかった。だが、二人が何度か同じテーブル席の近くにたたずんでいたという証言は複数人から得てる」

「そういうことなら、自己紹介し合って短いお喋り程度はしたでしょうね。そのとき、深沢が池端が警備会社で銀行、デパート、大型スーパーなどの現金集配の仕事をしてると聞いた可能性はありそうですね」

「そうだな。池端義海は事件が起きてから半月後、地下鉄駅の階段から転げ落ちて急死した。

事故と他殺の両面で捜査されたんだが、結局、転落死ということになったようだね」

「ですが、池端は犯人たちを手引きした疑いがあると見られてたんでしょ？　それだったら、他殺という線も考えられますよね」

「そうだな。退官された品田さんが他殺説を強く唱《とな》えたみたいだが、その物証がなかったんで、池端の死は事故によるものだということでケリがついたそうだよ」

「品田さんが、その未解決事件の捜査を担当してたんですか」

「そう。品田さんから何か手がかりを得られるかもしれないから、この調書を読んだら、会ってみてくれないか」

桐山がそう言い、ビジネスバッグを開けた。現金強奪事件の調書の写しを取り出し、卓上を滑らせる。

時任は事件調書を手に取り、すぐに読みはじめた。

事件が発生したのは、八年二カ月前のある夕方だった。共栄《きようえい》警備の二人の現金集配係はいつもの時刻に車を東都銀行渋谷支店の行員通用口に横づけさせた。

運転役の友納《とものう》勲《いさお》、当時二十七歳は車を降りなかった。同僚の百瀬《ももせ》重範《しげのり》、当時二十六歳は助手席を離れ、行員とともに現金を集配車に積み込んだ。

二人の男性行員が通用門を閉じたとき、物陰に潜んでいた犯人の二人組が現われ、助手席に乗りかけていた百瀬を先に襲い、友納を運転席から引きずり出した。二人組は黒いフェイスマスクを被り、両手には同色のレーサー用グローブを嵌《は》めていた。

百瀬と友納は顔面に催涙スプレーを浴びせられ、大型スパナで強打されて倒れ込んでしまった。見ていた男性行員のひとりが、警察に通じている防犯ボタンを押した。

二人組はその隙に集配車ごと現金二億八千万円を奪って逃走した。警察はただちに緊急配備をし、首都圏に検問を設けた。だが、奪われた共栄警備の現金集配車はNシステムには捉《とら》えられなかった。検問に引っかかることもなく、煙のように消えてしまった。

被害車輛は東都銀行渋谷支店から数百メートル先にある紅葉《もみじ》銀行渋谷支店に寄り、最後に東光《とうこう》百貨店渋谷店の売上金を積む。それが事件当日の予定だった。

本来は、池端義海が百瀬と組んで業務に当たることになっていた。当日、池端が病気で欠勤したため、友納がドライバーの代役を引き受けたのだ。

そんなことで、捜査当局は池端が犯人たちを手引きしたのではないかと疑った。それなりの理由があった。池端は見栄っ張りで、高級な服や腕時計を身につけ、消費者金融に三百数十万円の借金があった。利払いもできないほど金に詰まっていた。

池端は借金地獄から抜け出したくて、犯人たちに集配ルートや時刻を教えて分け前に与《あず》かろうとしたのかもしれない。だが、二人組のどちらかに事故に見せかけて永久に口を塞《ふさ》がれたのではないか。

時任はそう推測しながら、事件調書の写しを卓上に置いた。

「池端が二人組を手引きしたのかどうかは調べ上げられなかったんだが、クロだったとしたら、深沢耕平に事件当日の集配ルートや現金の引き取り予定時刻を教えたと疑えなくもないだろう?」

「ええ、そうですね。ただ、臆測の域を出てはいませんが……」

「そういうことにはなるが、池端には三百万を超える借金があったんだ。二十代の勤め人がすぐに返済するのは難しいだろう。外国製の高級腕時計を売っても、中古品になるわけだから、買ったときの値段の半値以下でしか引き取ってもらえないと思うよ」

「そうでしょうね。虚栄心の強い人間は高級な物品を所有してることで優越感を味わってるのでしょうから、借金があっても高級腕時計やバッグは売らないでしょう」

「だろうね。とにかく、池端は借金を抱えていたんだから、邪悪な気持ちを起こしても不思議じゃない」

「ええ、そうですね。事件調書によりますと、池端の幼馴染みと中学時代の遊び仲間を洗っただけで、深沢のことはノーマークだったみたいですね」

「そうだったんだろうね。友納と百瀬の私生活は念入りに調べているが、疑わしい者は捜査線上には浮かばなかったようだな」

「ええ」

「時任君、消去法でいくと、やっぱり池端が二人組を手引きしたんじゃないのかね。品田さんから話を聞いて、友納と百瀬から池端に関する情報を改めて集めてみてくれないか。それから、二億八千万円の現金を集配車に運び入れた東都銀行渋谷支店の安宅泰則《あたかやすのり》と秦栄一《はたえいいち》の二人にも探りを入れてみてほしいな。どちらも、別の支店か本店に異動になっているだろうが、現在の勤務地は造作なくわかるはずだ」

「そうでしょうね。銀行員は真面目だというイメージがありますが、オンラインを操作して大金を横領した者が過去に何人もいます」

「そうだな。数こそ少ないが警備会社の社員と結託して勤めている銀行の金をかっぱらった男性行員もいた。安宅か秦のどちらかが金に困って、二人組を手引きしたとも考えられなくはないじゃないか」

「ええ」

「事件当日、池端は自宅アパートでずっと横になっていたと初動捜査の刑事に言っているが、朝から夜十時過ぎまでテレビを点けっ放しだったらしいんだ。隣室の主婦が音量が大きかったんで、迷惑だったと言ってる」

「そういえば、そんな記述がありましたね。風邪で臥《ふ》せっているときは、テレビの音量が耳障《ざわ》りだと思うんですが……」

「わたしは、そのことに引っかかってる。事件当日、池端の姿を見たアパートの入居者はひとりもいなかった。池端は自分が部屋にいることを居住者に印象づけたくて、ふだんよりもテレビのボリュームを上げ、こっそりと部屋を抜け出したとは考えられないだろうか」

桐山が考え考え、そう言った。

「理事官は池端自身が誰かとつるんで、二億八千万円を積んだ現金集配車をかっぱらったのではないかと……」

「二人組を手引きするだけなら、池端の取り分はそれほど多くないと思うんだ。どうせ犯罪に手を染めるんだったら、少しまとまった金を得たいと考えるんじゃないか」

「そうかもしれませんね。池端がアリバイ工作をして、銀行の金を奪ったんでしょうか。そうだったとすれば、共犯者は深沢耕平だったんですかね？」

「そうは考えられないか。取り分を巡って池端と深沢は揉めたのかもしれないぞ。それで、深沢は事故に見せかけて丸《まる》ノ内《うち》線新宿駅の階段から池端を突き落として死なせたんじゃないだろうか」

「桐山さんの筋読みにケチをつけるつもりはありませんが、池端が二人組のひとりだったとしても、フェイスマスクから目は覗いてるわけです。同僚の友納や百瀬が気づかないとは思えないんですよ」

「二人とも犯人たちの目をよく見ないうちに、催涙スプレーを顔面に噴射されたのかもしれないぞ」

「なるほど、そうだったのかもしれませんね。しかし、理事官の筋読み通りだとしたら、いったい深沢耕平は誰に殺されたんでしょうか。すでに池端は死んでいますので、仲間割れで深沢は撲殺されたのでないことは明らかです」

　時任は言った。

「そうだね。池端は二人組を手引きしただけで、犯人のどちらかに口を封じられてしまったんだろうか。でも、そうなら、何も池端は事件のあった日にアリバイ工作する必要はなかったことになるな。熱で頭がぼーっとしてたので、池端はテレビの電源を切り忘れて、終日、うつらうつらしてたんだろうか」

「でしょうかね」

「話を戻すが、現金集配車はなぜ忽然《こつぜん》と消えてしまったのか。まさか大型ヘリコプターでワイヤーを使って、車を吊り上げたんじゃないだろう。そんなことをしたら、当然、たくさんの目撃証言が警察に寄せられるはずだ」

「そうでしょうね。おそらく現金強奪犯たちは予《あらかじ》め犯行現場の近くに大型キャリーカーを用意しておいて、奪った現金集配車を急いで荷台に載せ、すぐにシートで覆い隠したんでしょう。そして検問を避けながら、人目のない場所で……」

「別の車に二億八千万円を積み替えて、まんまと包囲網を抜けたのだろうか。現金集配車は二人組に雇われた者がキャリーカーで自動車解体工場に運んで、スクラップにしてしまったのかね？」

「考えられないことではないと思います。B級アクション映画みたいですが、そんな手を使わなければ、捜査の網を掻い潜《くぐ》ることはできないでしょうから」

「そうだろうな。また話は飛ぶが、強奪犯のひとりが深沢だったと考えれば、事業資金の調達ができたのではないか」

「ええ。共犯者と山分けしたとしても、深沢に一億四千万円が手に入る。立ち喰いイタリアンレストランを数カ月の間に三店舗オープンさせても、まだ余裕はあったでしょうね」

「時任君、共犯者は深沢の友人や知人ではないのかもしれないぞ。そうした人間と組んだら、どうしても足がつきやすいじゃないか」

「その通りですね。二人組のひとりは深沢だと仮定しても、共犯者は犯罪のプロだったのかもしれません。手口が素人離れしてますんで」

「深沢はあらゆるルートを使って、現金強奪のプロを見つけたのかな」

「理事官、まだ深沢が二人組のひとりだと断定するだけの証拠は得ていません」

「そうなんだが、その疑いは濃いじゃないか。おおかた共犯者は深沢がいつか事件のことをうっかり誰かに喋るかもしれないという強迫観念に取り憑《つ》かれ、共犯者を殺《や》ってしまったんだろう。女の犯行を装ってね」

「未解決事件が起こったのは、八年二カ月も前なんですよ。そうした不安にさいなまれていたとしたら、もう何年も前に共犯者を始末してるでしょう？」

「そうか、そうだろうな。そういうことを考えると、深沢は別の人間に撲殺されたと筋を読むべきか。パズルが解けたと思ったんだが、また空回りしはじめた」

　桐山理事官が苦笑した。

　そのとき、桐山の懐で刑事用携帯電話《ポリスモード》が着信音を響かせはじめた。桐山が上着のポケットから官給されたポリスモードを取り出し、目顔で時任に断った。

　時任は事件調書の写しを摑み上げ、目で文字を追いはじめた。理事官に電話をかけたのは笠原課長だった。最初の遣り取《やと》りで、発信者はわかった。

「狙撃班が動いたんですね。それで、小渡到は被弾したのでしょうか？」

「…………」

「右肩と左の太腿に命中したが、命に別条はないんですか。二人の人質が無事と聞いて安心しました」

「…………」

「救急病院の手術室に入る前に、小渡は椎橋の依頼で六人の性犯罪者と元警官の郡司を片づけたことを認めたんですね。しかし、深沢の事件にはタッチしていないと繰り返した。そういうことなんですね？」

「…………」

「ええ、小渡の供述通りでしょう。捜査本部事件の加害者は別にいるはずです。はい、時任君に伝えます」

桐山が電話を切った。

「理事官、交番籠城《ろうじよう》事件は片がついたようですね？」

「そうらしいんだ。通話内容で、おおよその察しはついたと思うが、詳しく伝えてもかまわないよ」

「いいえ、結構です」

時任は首を振った。

「そう。茨城県警に『SAT《サット》』はないんだが、腕っこきの狙撃手がいるね。二人の人質を楯《たて》にしている小渡をよく撃てたな、急所を外してさ」

「たいしたもんですね」

「そうだな。わたしは先に桜田門に戻る。品田さんに事件調書を読み返してもらって、捜査を担当してたころのことを思い出してもらってくれないか」

「了解です」

「警察ＯＢによろしくな！」

桐山がビジネスバッグを提《さ》げ、ソファから立ち上がった。時任も腰を上げ、一礼した。

理事官がレンタルルームから出ていった。

時任は煙草をくわえた。一服したら、品田探偵事務所を訪れるつもりだ。

3

二つのマグカップが卓上に置かれた。

品田探偵事務所だ。時任は、品田の妻に謝意を表した。

「インスタントコーヒーですけど、どうぞ……」

聡子が時任に言って、夫に目をやった。

「わたし、先に家に帰ってるわ」

「お疲れさま。きょうも依頼人はやってこなかったが、そのうち依頼が舞い込むだろう」

「そうだといいわね。商売は順調とは言えないけど、あなた、活《い》き活《い》きとしてるわ。時任さんの捜査に協力してるときは、いつもそうね。根っからの刑事だったから……」

「係長《ハンチョウ》を手伝ってることは誰にも言うなよ」

「わかってるわ」

「嫁いだ娘にもだぞ」

「言いませんよ」

「夕食は先に摂《と》っていてくれないか」

品田が妻に言った。聡子が小さくうなずき、事務所から出ていった。

時任は、携《たずさ》えてきた捜査資料を品田に手渡した。

「現金強奪事件の調書の写しだね。八年二カ月前に渋谷署の捜査本部に出張《でば》ったときは、第一期内に事件が落着すると高を括《くく》ってたんだ。しかし、捜査は難航してて未《いま》だに解決に至ってない。その後、異動で係長《ハンチョウ》の部下になったんだが、ずっと悔しさを引きずってたんだよ」

「そうでしょうね。事件のことはいまでも鮮明に憶《おぼ》えてるでしょうが、おやっさん、ざっと目を通していただけます？」

「忘れかけてることもあるだろうから、じっくり読むよ」

品田が未解決事件の調書の写しを読みはじめた。時任はインスタントコーヒーをブラックで啜《すす》り、セブンスターに火を点《つ》けた。

元刑事の探偵が顔を上げたのは、およそ十分後だった。

「調書にある通り、捜査本部は事件当日に風邪で欠勤した池端義海を最初に怪しんだんだ。ブランド品をちょくちょく買ってた池端は虚栄心が強く、背伸びをした生活をしてたんだよ」

「消費者金融に三百数十万の借金があったみたいですね」

「そうなんだ。事件が起こった日、池端は自宅アパートで臥せってたんだが、朝から夜までテレビをかなりの音量で点けっ放しだったんだ。アパートの入居者は池端が自分の部屋にいると思ってたらしいが、午後三時から夜遅くまでトイレの水を流す音が一度も聞こえなかったと隣室の主婦が証言したんだよ」

「そのことは調書に記述されていました」

「そうだったね。六、七時間、一度も小便をしないとは考えにくい。わたしは池端が在宅しているように装って、こっそり外出したんではないかと筋を読んだんだ」

「つまり、池端は二億八千万円ごと現金集配車を奪った二人組を手引きしたんではなく、実行犯のひとりだったのではないかと推測したんですね？」

「そう」

「仮にそうだったとしましょう。共栄警備の友納勲と百瀬重範は犯人たちに催涙スプレーを顔に噴射されて、大型スパナでぶっ叩かれました。だから、フェイスマスクから覗く二人組の目をよく見る余裕はなかったんでしょう」

「友納と百瀬は、そう言ってたよ」

「そうですか。しかし、東都銀行渋谷支店の安宅泰則と秦栄一は犯人たち二人の目を見てるはずです」

「調書には記述されてないが、二人の行員は犯人の男たちが青いカラーコンタクトレンズを嵌めていたと証言したんだ」

「そうなんですか」

「どっちも瞳はブルーだったんだが、体つきや言葉から日本人の男に間違いないと口を揃えてた。捜査班の調べで、池端義海が休日に青いカラーレンズを着用して外出した事実があることを摑んだんだよ。それだから、わたしは池端が二人組のひとりではないかと疑いを深めたわけだ」

「友納と百瀬は、特に金に困ってる様子はなかったんでしょ？」

時任は訊いた。

「そうだったね。それから、東都銀行の安宅と秦にも怪しい点はなかったな。わたしは渋谷署の若い刑事と組んで、池端をマークしたんだ。だが、消費者金融の金を返してもいないし、金遣いも粗《あら》くなったわけじゃなかった」

「不審がられることを警戒して、池端は普段通りの生活をしてたんだろうか」

「うん、それは考えられるね。だから、わたしたちコンビは池端の動きを探りつづけた。そんなある夜、捜査対象者《マルタイ》は丸ノ内線の新宿駅の階段から転落して、首の骨を折って死んでしまった。所轄の新宿署は単なる事故死と判断したが、わたしは他殺臭いと直感したんだ。それで、駅で防犯カメラの映像を観せてもらう気になったんだよ。だが、その日は防犯カメラは故障していて何も録画されていなかった。池端を階段から突き落とした奴が防犯カメラに何か細工をして意図的に作動させなくしたんだと疑えたんで、調べ回ってみたんだよ」

「その結果はどうだったんです？」

「残念ながら、わたしの筋読みを裏付ける証拠は摑めなかった。それでも納得できなかったので、こっちは担当管理官を通じて、新宿署に事故と他殺の両面で捜査し直してほしいと申し入れてもらったんだよ」

「所轄署は渋々ながら、そうしたようですね？」

「そうなんだよ。でも、一カ月後に事故死だと断定した。すっきりしないんで、わたしは新宿署の署長と刑事課長に直談判したんだ」

「おやっさんらしいな」

「しかし、まともには取り合ってもらえなかったよ。癪《しやく》だったが、それ以上のことはできなかったんだ」

「いまでも、池端が現金強奪犯の片割れだと思ってるんですか？」

「その疑いは消えてない」

品田がマグカップを手に取って、一口《ひとくち》コーヒーを口に含んだ。

「おやっさんの筋読み通りだとしたら、共犯者は誰だと思います？」

「ガードマンの同僚たち二人と東都銀行の安宅、秦はシロだと思うが、ちょっと気になることがあるんだよ。事件後、安宅は支店をたらい回しにされて、四年前に銀行を退職したんだ」

「銀行の金を二億八千万円も強奪された責任はついて回るでしょうから、思い切って転職する気になったんじゃないですか。安宅の転職先はどこなんです？」

「安宅は退職すると、世田谷区の瀬田《せた》で高級中古外車の販売会社を経営しはじめたんだよ。ポルシェ、ロールスロイス、ジャガー、ベンツ、ベントレー、マセラティの三、四年落ちの車を主に売ってきたから、億以上の開業資金が必要だったと思う。会社の敷地は借地なんだが、社屋というか、販売センターは新築されたんだ」

「安宅は資産家の倅《せがれ》なんですか？」

「いや、そうじゃない。年金生活をしている父親は元区役所の職員だから、富裕層じゃないだろうね」

「事業資金はどうやって工面したんでしょう？」

「その点を考えると、安宅もちょっと疑わしいね。実行犯のひとりは、安宅が見つけた男だったのかもしれないな。池端はそいつと組んで、集配車ごと大金を……」

「そうなんでしょうか。秦栄一は、まだ東都銀行で働いてるのかな」

「数年前から池袋支店のロビーで顧客案内係をやっている。取り返しのつかないミスをしたんだから、もう出世は望めないだろう。しかし、四十三にもなって案内係をさせられるのは辛いと思うよ。なのに、秦は意外にも明るい感じだったな」

「おやっさんは、秦のその後のことを個人的に調べてたんですね？」

「うん、まあ。秦栄一は事件に関わってないと思ってたんだが、一応、追跡調査をしてみたんだよ。別段、疑わしい点はなかったんだが、事件があって一年数カ月後、練馬区石神井《しやくじい》に九千万円近い建売住宅をローンなしで購入してるんだ。奥さんに親の遺産が入ったのかもしれないね。銀行員は給料がいいが、それだけの物件を一括払いでは買えないだろうからさ」

「そうでしょうね。そのことだけを考えれば、秦も少し気になってくるな。実行犯のひとりは、秦の知り合いだったんですかね」

「そう疑えないこともないな」

「おれが安宅泰則のことを調べてみます。おやっさんは秦栄一のことを探ってくれますか」

「ああ、引き受けた」

「理沙には念のため、共栄警備の友納と百瀬の生活に変化がないかチェックしてもらうかな」

時任は言って、残りのコーヒーを飲んだ。

マグカップを卓上に戻したとき、ドアに軽いノックがあった。入室してきたのは寺尾理沙だった。

「わたしの勘が当たったわ。品田のお父さんと時任さんが作戦会議をしてるかもしれないと思ったの」

「後で、おまえさんに電話しようと思ってたんだよ」

「わたしを仲間外れにすると、上段逆突《ぎやくつ》きを見舞っちゃうわよ」

理沙が冗談を言って、時任の隣のソファに腰かけた。それから彼女は、マカロンの入った箱を品田に手渡した。

「差し入れよ。お父さんは左党なのに、甘党でしょ？」

「チョコを喰いながら、ウイスキーのロックを呷《あお》ると最高なんだ。最中《もなか》を肴《さかな》にして、焼酎も悪くない。マカロンとビールは意外に相性がいいんだよ。ご馳走《ちそう》になるよ」

「お父さんの味覚は、どうなっちゃってるの？　わたしには、どれも勘弁してもらいたい組み合わせだけど」

「わたしは偏屈《へんくつ》だから、味覚も普通じゃないのかもしれないな」

品田が妙な笑い方をした。

時任は八年二カ月前に発生した現金強奪事件のアウトラインを話してから、理沙に未解決事件の調書を読ませた。品田が包装箱を開ける。

「いただき物だが、みんなで食べよう。係長《ハンチヨウ》は甘い物は好きじゃなかったが、一つぐらいは……」

「後でいただきます」

時任は応じて、理沙に顔を向けた。

「おやっさんは転落死した池端義海がアリバイ工作をして、誰かと東都銀行の金を集配車ごと奪ったと睨《にら》んだみたいなんだ。そっちの筋読みは？」

「お父さんの筋読み通りだと思うわ。池端を事故死に見せかけて葬ったのは、強奪犯の相棒っぽいわね。でも、その相棒が誰なのかは調書だけでは見当がつかない」

「そうだな」

「池端の共犯者に目星はついてるの？」

理沙が品田と時任を交互に見る。品田が時任と交わした話をつぶさに語った。

「高級外車のユーズドカーを販売してる安宅泰則という元銀行員が怪しいわね。建売住宅を即金で買った秦栄一も少し引っかかるわ」

「おれが安宅、おやっさんが秦を調べることになったんだ。おまえさんは、共栄警備の友納勲と百瀬重範の暮らし向きをチェックしてくれないか」

時任は理沙に言った。理沙が事件調書の写しを見ながら、必要なことを手帳に書き留《と》めた。

「おやっさん、池端義海の交友関係を調べたときに高校の同窓生の中に四つ先輩の田所耕平がいたことを記憶してます？」

時任は問いかけた。

「うっすらと憶えてるよ。しかし、その先輩は捜査対象者から外されたはずだな」

「その田所が『フェニックス・コーポレーション』の社長だった深沢耕平なんですよ。先月の七日に自宅で撲殺された男は出所後、養子縁組で姓を田所から深沢に変えたんです」

「係長《ハンチヨウ》、そのことはわかってるよ。しかし、同窓会の記念写真の田所耕平と深沢耕平は顔の造作《ぞうさく》が違ってた。田所は目が細く、鼻も低かったんだ」

「輪郭はどうでした？」

「顔立ちは似通ってたな」

「それなら、おそらく田所は深沢に姓を変えてから美容整形手術を受けて目と鼻の形を変えたんでしょう。目立つパーツを変えれば、見た目の印象はだいぶ違ってきます」

「そうだろうね。しかし、田所はどちらかというと、醜男《ぶおとこ》だったんだ。一方、深沢はマスクがよかった。若い人たちの言い方をすれば、イケメンだったんじゃないか」

「いまの美容整形の医術は、それだけ進歩してるんでしょう」

「ものすごく進歩してるわよ。器量に恵まれなかった娘《こ》が顔のあちこちをいじったことで、飛び切りの美女に変身したケースは決して珍しくないわ」

理沙が時任の言葉を引き取った。

「そうなのか。そういうことだったら、田所は養子になって姓を改めた後に美容整形手術を受けたんだろうな」

「前科歴のあった『フェニックス・コーポレーション』の社長は苗字だけでなく顔の造作も変えて、生きやすくしたかったんじゃないのかな。おれは、そう思います」

時任は品田に言った。

「そうだったんだろうな」

「おやっさん、こっちは池端が高校の同窓生の深沢耕平と共謀して、例の二億八千万円を集配車ごと強奪したんじゃないかと推測してるんですよ」

「その通りなら、深沢は池端と奪った金を山分けして、事業資金を捻出《ねんしゅつ》したのかな」

「そう考えられると思います。ただ、それぞれの取り分は半分ずつだったのかどうか……」

「池端は自分の取り分が少ないことで共犯者の深沢に文句をつけて、足りない分を寄越《よこ》せと迫ったのかもしれないね。分け前を折半《せっぱん》にしたくなかった深沢は、池端の要求を突っ撥《ぱ》ねたんだろうか」

「かもしれませんよ。怒った池端は大金強奪の件を警察に話すと際《きわ》どい勝負に出た。本気で自首する気はなかったんでしょうが、その脅迫を深沢は真《ま》に受けて共犯者の口を永久に塞《ふさ》ぐ気になったというストーリーは組み立てられるんじゃないんですか？」

「その筋読みが正しかったら、事故に見せかけて池端を転落死させたのは深沢だってことになるね」

「だとしたら、深沢を撲殺したのは現金強奪事件の共犯者じゃないわけよね。時任さん、そうなるでしょ？」

理沙が話に割り込んだ。

「そうだな。強奪事件の被害者であるガードマンの友納と百瀬、東都銀行の安宅、秦の四人のうちの誰かが二人組の正体に少し時が経《た》ってから思い当たって、池端と深沢から口止め料をせしめていたとは考えられないかな」

「正体を突きとめられやすいのは、ガードマンだった池端のほうね。同僚だった友納か百瀬の一方が催涙スプレーを浴びせられる直前、カラーコンタクトを嵌めてる池端の目をはっきりと見たんじゃない？　事情聴取のときは、二人とも犯人たちをよく見るだけの余裕はなかったと供述してるけど」

「まるっきりリアリティーがないわけじゃないな。友納も百瀬も、二人組が接近してくるときに相手の目許を数秒間は直視してると思われるから」

「ええ、そうね。友納と百瀬は大怪我をさせられたんだから、弱みのある二人組を強請《ゆす》る気になるかもしれないでしょ？　池端を威《おど》せば、共犯者の名は吐くんじゃないかしら」

「多分、吐くだろうな。友納か百瀬は、弱みのある池端と深沢の両方から何度か口止め料をせしめていたんじゃないだろうか。池端たちは何らかの形で反撃しはじめたのかもしれないな」

「わたしも、そう推測したのよ。友納か百瀬は身に危険が迫ったんで、最初に池端を第三者に始末してもらって、次に深沢を片づけさせたんじゃない？　わたし、できるだけ早く友納と百瀬を調べてみるわ」

「そうしてほしいが、池端は事件後半月ほどで死んで、深沢のほうは先月の七日に殺害された。口を封じられた時期が違いすぎるな」

「ええ、確かにね。現金強奪犯の正体に気づいたのは、東都銀行の安宅か秦のどっちかなのかな？　安宅は銀行をやめて、中古外車の販売をしてるのよね。秦はまだ同じ銀行で働いてるけど、建売住宅をローンなしで購入したって話だった。どっちも怪しいといえば、怪しいわ」

「おやっさんが秦の暮らし向きをチェックし、おれが安宅の事業資金の出所を探ってみる。三人が動けば、何か新しい手がかりを得られるだろう。おれはもう少し経ったら、瀬田の中古外車販売所に行ってみるよ」

時任は言って、ソファの背凭《せもた》れに上体を密着させた。

4

どの車体も光っている。

コーティングされて、それほど日が経っていないようだ。瀬田にある『アーバンフォレストモータース』である。

展示された高級外車は照明を受けて、きらめきを放っている。展示された三十台前後の外車は中古には見えない。

時任は販売センターの中ほどで、黒いロールスロイス・ファントムを眺めていた。ほかに客の姿は見当たらない。

展示場の端には、円錐形《えんすいけい》の洒落《しゃれ》た建物が見える。ガラス張りで、中は丸見えだった。ドアの近くに接客フロアがあり、左手は事務フロアになっている。

スチールデスクが六卓並べられ、五人の男性従業員が仕事中だった。いずれも二、三十代だろう。事務フロアの奥に社長室があるようだ。
五、六分後、従業員のひとりが建物の中から出てきた。茶系のスーツに身を包み、ネクタイもきちんと結んでいる。三十歳前後だろうか。細身で、背が高い。
男が近づいてきた。名札には、遠山《とおやま》と記されている。

「ロールスロイスをお探しでしょうか。展示中の車は四年落ちですが、走行距離は一万七千キロと少ないんですよ。お値打ちだと思います」

「八百七十万は安いね。相場よりも、はるかに安い。こんなに安く売って、儲けが出るの？」

「他社さんとは仕入れ先が違いますので、それなりに利益が出るわけですよ」

「そうなのか。実は、『週刊トピックス』の記者なんだ。『アーバンモータース』が中古の高級外車を良心的な価格で販売していることを記事にしたいと思ってるんですよ。申し遅れましたが、露木達哉《つゆきたつや》といいます」

時任は職業と氏名を偽った。反則技を使って情報を得たいときは、各種の偽名刺を使い分けていた。

「いわゆるパブリシティ広告なんでしょ？　記事の体裁《ていさい》を取った広告で、高い掲載料を払わなきゃならないんですよね」

「パブリシティ広告じゃありません。ちゃんと記事にする予定で、二ページ分を割《さ》くことになってるんですよ。内容が面白ければ、四ページにもできます」

「『週刊トピックス』の発行部数は六十万部と言われてますよね？」

「それは公称部数ですが、実売だって五十万部近いんですよ」

「うちの会社のことを記事にしてもらえたら、客がぐっと増えそうだな」

「それは間違いありませんよ。売上も二倍、三倍にはなるでしょう」

「そういうことなら、全面的に協力させてもらいます」

「本来はアポを取ってから訪問すべきでしたが、企画していた記事が再来週号に掲載延期になったんですよ。で、事前に取材の申し入れをせずに直接、こちらに来ちゃったんです。安宅社長に取り次いでもらえるかな」

「もちろんですよ。少々、お待ちになってください」

遠山が小走りに建物の中に駆け戻った。

時任は展示されている高級外車の間を抜けて、円錐形の社屋に近づいた。待つほどもなく遠山が表に出てきた。

「社長は喜んで取材をお受けするそうです。社長室にご案内します」

「よろしく」

時任は遠山に従って、建物の中に入った。

従業員たちが相前後して会釈する。時任は軽く頭を下げながら、奥の社長室に向かった。

遠山が名乗ってから、社長室のドアを開けた。

「どうぞお入りください」

「ありがとう」

時任は社長室に足を踏み入れた。

中央のあたりに八人掛けの応接セットが置かれ、その向こう側にどっしりとした造りの両袖机が見える。壁際にはキャビネットが連《つら》なっていた。

「わが社のことを記事にしてくださるとか、ありがたい話です」

安宅泰則が如才《じよさい》なく言って、机から離れた。まだ四十一歳だが、腹が迫《せ》り出している。美食のせいで、銀行員時代よりも太ったようだ。

安宅が名刺を差し出した。時任も偽名刺を安宅に渡す。

「どうぞお座りください」

安宅がソファを手で示した。時任は先に応接ソファに腰かけた。安宅が向かい合う位置に座った。

そのとき、遠山が二人分の紅茶とクッキーを運んできた。

「女性事務員が二人いるんですが、あいにくもう帰宅してしまったんですよ。男性社員が淹《い》れた紅茶ですが……」

「どうかお構いなく」

「もう下がっていいよ」

安宅が遠山に言った。遠山が一礼し、社長室から消える。

「取材させてもらうに当たって、少し予備知識を入れてきました。安宅さんは四年前まで東都銀行にお勤めだったんですよね？」

「ええ、そうです。それなりの給与を貰っていたのですが、ずっと勤め人をつづけるのはなんだか夢がないでしょう？　それで、思い切って商売をはじめることにしたんですよ」

「せっせと事業資金を貯えてらっしゃったんですね？」

「個人預金だけでは、とても事業はやれません。たまたま知り合いが出資してくれたんですよ。その知人は大変な資産家で、無担保で開業資金の約七割を貸してくれました。そのおかげで、『アーバンフォレストモータース』の社長になれたわけです」

「超高級外車のユーズドカーを相場の半値近くで販売できる秘密は仕入れにあるんでしょう？　外車のディーラー経由で仕入れたポルシェやベンツをあの価格で売ったら、大赤字になるはずですので。まさか事故車ばかりを仕入れて、無事故車と偽って売ってるんじゃないですよね？」

「そんなあこぎな商売はしていません。露木さんがおっしゃられたようにポルシェ、ベンツ、ロールスロイス、ジャガーなどのディーラーから三、四年落ちの車を仕入れたら、それなりの値を付けないと利益は出ません」

「そうでしょうね」

「わが社は富裕層のカーマニアから直接、型落ちした車を譲ってもらってるんですよ。すべての外車ディーラーというわけではありませんが、わがままな商売をしている傾向があります。下取り車の査定額を低くしているくせに、伝統や格は落とせないとか言って、ユーズドカーでも大きな利幅を取っています」

「そうなんですか」

「そんなことで、お金持ちのカーマニアの中にはディーラーに不信感を持たれている方もいらっしゃる。わが社はそういう方たちの許《もと》に足繁く通って、乗り飽きてしまわれた高級外車をできるだけ安く譲っていただいているんです。うちは薄利多売を心がけていますから、展示している価格でお売りできるんですよよ」

「もっと違うからくりがあるのではないかと勘繰《かんぐ》っていましたが、そういうことだったんですか。いただきます」

時任は紅茶を少し飲んだ。

「よかったら、クッキーも召し上がってください。わたしはダイエット中なんで、糖分を控えなければいけませんので……」

「辛いでしょうね」

「ええ、もともと油っこいものとスイーツは嫌いじゃないんで。しかし、社員たちをずっと食べさせていかなければなりませんからね。我慢しますよ」

「人を使ってビジネスをしていると、そういう責任が重いんでしょうね。勤め人はリストラされないよう会社に利益をもたらさなければならないわけだが、経営者たちの苦労のほうがはるかに多いんだろうな」

「そうですね。しかし、努力した分、金銭的には報《むく》われます」

「ええ、それはそうでしょうね。品質のいい高級外車の中古をお手頃価格で販売してるんですから、どうしても在庫が不足がちになるでしょう？」

「はい、それが悩みの種ですね。時々、在庫切れでお客さんを逃したりしますが、良心的な商売をしていれば、そうした方もいつかわが社のユーズドカーを買ってくださると信じています」

安宅が余裕たっぷりに言った。

「社長ご自身が仕入れをなさってるんですか？」

「いいえ、わたしは担当していません。どんな外車にも精通している社員に仕入れを任せてるんですよ」

「その方は、相当な人たらしなんでしょうね。カーマニアの心理を知ってるんで、程度のいい高級外車を次々に買い付けられるんだろうな」

「仕入れ担当の社員は誰からも好かれる人柄です。外車の知識も豊富で、長所ばかりではなく、短所も知り尽くしているんですよ。ですので、リッチな外車好きの方もこういう社員なら、自分が手放す車を大切にしてくれるセカンドオーナーを見つけてくれると思うみたいですね」

「そうなんでしょう。高級中古外車を相場よりもだいぶ安く販売してるんで、同業者から『アーバンフォレストモータース』さんが厭《いや》がらせをされたり、営業妨害されたりすることもありそうだな」

「半グレの若者たちが十数人で展示販売場に押しかけて、客たちを睨みつけたり、車座になって酒盛りをしたことはありました。中古外車を専門に販売している同業者に雇われた連中だと、後でわかりました。わたし、すぐに一一〇番したんです」

「別の同業者に何かされたことは？」

「ありません」

「安宅さんは警察の偉いさんと親しいのかな？」

時任は冗談半分に言った。すると、なぜか安宅が目を伏せた。図星だったようだ。

「そうだ、思い出しました。八年二カ月前、東都銀行渋谷支店から運び出された現金二億八千万円が警備会社の集配車ごと二人組に強奪されましたよね」

「え、ええ」

「確か犯人はまだ捕まっていないんだったな。そうですよね？」

時任は安宅の顔を直視した。安宅がうなずき、視線を外す。何か後ろめたいことがあるのか。

「現金の入った袋をガードマンに渡した二人の男性行員の名前はもう忘れてしまったが、大きなミスをしたことになったわけだから、出世の途《みち》は閉ざされたんだろうな」

「事件当時、わたしは東都銀行渋谷支店で働いていたのですが、デスクワークに追われてたんですよ。すみません！　ちょっとトイレに……」

安宅がソファから急に立ち上がり、社長室から出ていった。どうして嘘をつかなければならなかったのか。

安宅は二人組の目をはっきりと見て、犯人のひとりが池端だとわかったのかもしれない。だとしたら、安宅が池端とつるんでいた疑いもある。

そうなら、安宅は実行犯の二人と二億八千万円を分け合ったのだろう。三等分にしなかったとしても、少しまとまった分け前は得たのではないか。安宅はその金を元手にして、『アーバンモータース』を立ち上げたのかもしれない。

それだけではなく、実行犯の深沢に指示されて安宅は池端を転落死させたとも考えられる。さらに先月の七日の夜、深沢を殺害した疑いも出てきた。『フェニックス・コーポレーション』の社長は、いったい誰に撲殺されたのか。

頭がこんがらがってきた。時任は、また紅茶を喉に流し込んだ。

ティーカップを受け皿に戻したとき、安宅が社長室に戻ってきた。

「失礼しました。秋が深まってきましたので、トイレに行く回数が増えるようになりまして」

「だんだん朝晩は冷え込むようになってきましたからね」

時任は、安宅がソファに座るのを待った。

「取材がまだまだ足りないのではありませんか？　わが社の宣伝をしていただけるのですから、なんでも喋りますよ」

「安宅さん、事業資金を無担保で用立ててくれた方の名前と連絡先を教えてくれませんか。世智辛《せちがら》い時代に奇特な方がいることもニュース価値があります。『アーバンフォレストモータース』の新商法と併《あわ》せて、その人物のことを紹介したいんですよ」

「その方は目立つことが嫌いなんです。マスコミには出たがらないでしょう」

「そう聞くと、ますます興味が湧いてきたな。その方のお名前は仮名にしましょう。それなら、別に問題はないでしょ？」

「仮名にしてもらっても、わかる読者がいると思います」

「安宅さん、何を恐れているんです？」

「恐れている？」

安宅が訊き返した。

「そんなふうに勘繰れますよ。もしかしたら、無担保で開業資金の約七割を貸してくれた人物なんか実在しないのかな」

「実在します！」

「それなら、その方のことをもう少し詳しく教えてくださいよ」

「お断りします」

「そこまでガードが堅固なのは、実際は存在しないからなんだろうな。穿《うが》った見方だが、安宅さんは何か危《ヤバ》いことをして開業資金を捻出したんではありませんか？」

時任は大胆に鎌をかけた。

「きみ、失礼じゃないかっ。うちの会社のことを記事になんかしてもらわなくてもいい！　こんな不愉快な思いをしてまで『アーバンフォレストモータース』のPRをしてほしくないよ。こちらから願い下げだ」

「急に怒りだしたのは、思い当たることがあるからなんでしょうね」

「無礼にも程《ほど》がある。帰ってくれ！」

安宅が憤然《ふんぜん》と立ち上がった。時任は苦笑しながら、社長室を出た。

事務フロアに遠山の姿はなかった。ルーティンワークをこなして、同僚よりも先に家路についたのか。時任は外に出て、七、八十メートル歩いた。路肩に寄せたエルグランドに乗り込み、すぐに発進させる。

時任は周辺を巡ってから、『アーバンフォレストモータース』の近くで張り込む気になっていた。しかし国道二四六号線を数百メートル走ったころ、後続のバイクが気になった。

四百ccのホンダは高級中古外車の販売センターを後《あと》にしてから、時任の車と同じルートをたどっている。その気になれば、エルグランドを追い抜けるはずだ。

しかし、数台のセダンを挟んだまま追尾《ついび》してくる。どうやら尾行されているようだ。尾行者は何者なのか。

ライダーは、黒いフルフェイスのヘルメットを被っている。体つきは若々しい。三十歳前後ではないか。

時任は多摩《たま》堤《づつみ》通りにぶつかると、車を右折させた。少し走って、二子《ふたこ》橋《ばし》公園の横でエルグランドを停止させる。時任はライトを消し、エンジンも切った。

公園は真っ暗だった。この季節なら、園内に若いカップルもいないだろう。

時任は振り向いた。不審なバイクは三十メートルほど後ろの路肩に寄せられている。ライダーは単車に跨《また》がったままだ。

時任は助手席側から車を降り、中腰で園内に走り入った。ライダーは動かない。時任は横にそっと移動し、バイクの後方に回り込んだ。

ライダーはヘルメットのシールドを上げ、闇を透かして見ていた。まだ相手の目許は判然としない。

時任は忍び足でバイクに接近し、ライダーの肩口に肘打ち《エルボー》を叩き込んだ。

相手が唸って、単車ごと横転した。バイクのエンジンは切られていたが、ライダーの片脚はホンダの下敷きになった。

時任は片膝を路面に落とし、ライダーのヘルメットを取り除いた。遠山の顔が現われた。

「安宅社長に命じられて、おれを尾《つ》けてきたんだな？」

「うーっ」

「唸《うな》って時間を稼ごうとしても、意味ないぞ」

時任は薄く笑って、ヘルメットを遠山の側頭部に落とした。

遠山が長く呻《うめ》いた。ヘルメットは路面を転がった。

「次はアンクルブーツの踵《かかと》で、こめかみを踏みつける。踵を左右に振れば、かなり痛いだろうな」

「社長は、おたくのことをブラックジャーナリストと思ってるみたいです」

「ということは、安宅は何か危《ヤバ》いことをしてるんだろうな。どうなんだ？」

「それは……」

「質問に答えてないな。奥歯を噛みしめろ！」

「荒っぽいことはやめてください。社長には弱みがあるみたいですね」

「その弱みというのは、八年二カ月前の二億八千万円強奪事件に安宅泰則が何らかの形で関与していることなんじゃないのか？」

時任は訊いた。

「その事件というのは？」

「東都銀行渋谷支店の金が警備会社の集配車に積み込まれた直後、二人組の男たちに車ごと持ち去られたんだよ。そのとき、ガードマンと一緒に大金を運び入れた銀行員のひとりが安宅だったんだ。警備会社の人間がアリバイ工作をして、共犯者と犯行に及んだ疑いがあるんだよ。安宅は、二人組を手引きしたのかもしれないんだ」

「社長、そんな度胸はないと思います。銀行員時代に部下の人妻とダブル不倫してることで脅迫されて、『アーバンフォレストモータース』のダミーの経営者にされたようですから。小心者《しょうしんもの》が大それたことなんかできませんでしょ」

「安宅はダミーの社長なんだって⁉」

「そうです。社長は創業者みたいなことを社員には言ってますけど、本当の経営者は李光彦《りみつひこ》という中国残留孤児の二世のはずです。六十二、三歳で、『ブルードラゴン』のボスなんですよ」

「『ブルードラゴン』のことは知ってる。中国残留孤児の二、三世で結成されてる凶悪な犯罪集団じゃないか。残虐なことを平気でやるんで、やくざや半グレ集団も一目置いてる」

「そうらしいですね。『ブルードラゴン』の首領《ドン》は荒っぽいシノギだけでは組織がいつか警察に潰《つぶ》されると考え、五年ぐらい前から弱みのある日本人をダミーの社長にして、合法ビジネスに力を入れはじめたんですよ。社員はそのことを知ってるんですけど、めちゃくちゃ給料がいいんで、誰も辞めないいんです。自分、年俸七百八十万も貰ってるんです」

「ということは、『ブルードラゴン』のメンバーが金を持ってるカーマニアのスキャンダルを摑んで、ポルシェやベントレーを只同然の値で買い取ってるんだな？」

「そうです。どんな超高級車でも買い取り価格は三十万円以下ですね。だから、相場の半値で売ってもボロ儲けできるわけですよ。社長じゃなくて、李光彦を揺さぶれば、数千万円は毟《むし》れると思います。『ブルードラゴン』のアジトやボスの自宅は知りませんけど、ダミー社長は知ってるはずです。おたくに知ってることは話したんですから、もう勘弁してくださいよ」

「いいだろう。ただし、安宅に電話で余計なことを喋ったら、そっちを公務執行妨害で検挙《アゲ》るぞ。おれは警視庁の刑事なんだ」

「マ、マジっすか⁉」

遠山が甲高い声をあげた。

時任はバイクを両手で持ち上げ、遠山の片方の脚を引っ込めさせた。

「少し休めば、バイクに乗れそうか？」

「と思います」

遠山が上体を起こした。

「ゆっくり休めよ」

「は、はい」

「あばよ」

時任は言い捨て、エルグランドまで一気に駆けた。『アーバンフォレストモータース』に引き返す。

目的地に着くと、時任は無断で社長室に踏み込んだ。

「遠山は尾行に気づかれてしまったのか」

応接ソファに座っていた安宅が蒼《あお》ざめ、にわかに落ち着きを失った。

「そういうことだ。だが、こっちはブラックジャーナリストじゃない。安心しろ」

「何者なんだ？」

「警視庁の者だよ」

時任は警察手帳を呈示《ていじ》した。

「なんてことだ」

「そっちが『ブルードラゴン』のボスに人妻との不倫のことで威《おど》され、四年前に『アーバンフォレストモータース』のダミー社長にさせられたことは遠山という社員から聞いた。李光彦の手下たちがリッチなカーマニアたちのスキャンダルを恐喝材料にして、超高級外車をわずか数十万で買い叩いてることもな」

「そうですか」

「そっちに確認したいことがある。八年二カ月前に銀行の金が集配車ごと奪われたが、二人組の犯人を手引きしたんじゃないのか？」

「わたしはそんなことはしていない。あの事件には関わってないよ。ただ、犯人のひとりの目許を見て……」

「警備会社を病欠してたはずの池端義海だと気づいたんだな？」

「そうです。カラーコンタクトで瞳の色を変えてましたけど、目の形に特徴がありましたんでね」

「共犯者にも心当たりがありそうだな」

「いいえ、ありません。ただ、共犯者が池端を急《せ》かしたとき、池端が先輩と呼びかけたんですよ」

「それで、察しがついたよ。池端のことを黙ってたのは、報復を恐れたからなんだろう？」

「はい、そうです。池端は事件の半月後に転落死しましたが、相棒はまだ逮捕されてないんで、自分も命を狙われるかもしれないと考え……」

「警察関係者には話せなかったわけか」

「そうです。すみませんでした」

「李光彦とは縁を切りたいよな？」

「はい。心ならずも悪事の片棒を担いできたことで、この四年間、後ろ暗さをずっと感じてたんです」

安宅がうなだれた。

「『ブルードラゴン』の一味が逮捕されたら、そっちは生き直すんだな。多分、不起訴処分になると思うよ。李光彦に脅迫されて、この会社の表向きの社長にさせられたんだから」

「逆《さか》らったら、わたしだけじゃなく、家族にも危害を加えられそうだったんです。それだから、『ブルードラゴン』のボスの言いなりになるほかなかったんですよ」

「そうだったんだろうな。いま上司に別働隊の出動を要請するから、『ブルードラゴン』壊滅に全面的に協力してほしいんだ」

時任は警察手帳を懐に戻し、別の内ポケットから刑事用携帯電話《ポリスモード》を取り出した。

5

交差点を渡れそうだ。

加速しかけたとき、前を走るワゴン車のブレーキランプが灯《とも》った。前方の信号は赤に変わってしまった。惜しい。だが、安全運転はいいことだ。

時任はエルグランドを停止させた。

国道十六号線である。神奈川県横須賀市の市街地だった。三笠《みかさ》公園から数キロしか離れていない。『ブルードラゴン』のボスの李光彦ら幹部十八人が恐喝容疑で緊急逮捕された翌日の午後一時半過ぎだ。

時任は、横須賀市の東部に位置する大津《おおつ》にある池端義海の実家に向かっていた。

ほどなく信号が青になった。時任は、ふたたびエルグランドを走らせはじめた。六百メートルほど進むと、懐で刑事用携帯電話《ポリスモード》が鳴った。

時任は車をガードレール脇に寄せてから、ポリスモードを摑み出した。発信者は桐山理事官だった。

「午前中まで黙秘権を行使していた李光彦が、少し前に全面自供したという報告が上がってきたよ。李は安宅の女性スキャンダルにつけ込んで、『アーバンフォレストモータース』のダミー社長にしたことを認めたそうだ。それから、手下どもに金持ちのカーマニアたちから超高級外車を三十万円程度で買い取らせていたこともね」

「中国残留孤児の二世の李は、各種の合法ビジネスをダミーの日本人社長にやらせて荒稼ぎしてたんでしょう?」

「そうなんだ。二十七の会社から巨額を吸い上げ、わずかな年金しか貰えない中国残留孤児、二、三世に生活費を回していたようだ。中国人とのハーフやクォーターは就職面で差別されているんで、無職の者が多いらしいんだよ」

「李光彦は義賊なんですね、一種の」

「そういう側面があることは否定できないだろうな。純粋な日本人である中国残留孤児たちには少額だが、国民年金が支給されている。しかし、その子や孫に当たる二世、三世らは不安定な暮らしをしている。そんな彼らが悪事に走っても仕方がないところはあるのだろうな。もちろん、法を破ったわけだから、それ相当の償《つぐな》いはすべきだが……」

「そうですね。この国の政治家や官僚たちは、社会的弱者に手を差し延べようという気持ちがない。それどころか、貧困層は社会のお荷物と考えてるんでしょう。弱者の気持ちなど……」

「国の舵取《かじと》りをしている者たちは、いわば勝ち組だからな。負け組の悲しみや惨《みじ》めさなんかわからないんだろう。それだから、血税も無駄な公共事業に注ぎ込んだりするんだよ。学校の秀才や金だけを追っかけてる奴らは、他人の憂いなんか気にもかけないエゴイストが多い。この国には尊敬できるリーダーがいないんだよ。民意を無視する政治家や官僚ばかりじゃ、いつか日本丸は沈没しちゃうな」

「同感ですね」

「話を脱線させてしまったが、例の現金強奪事件の実行犯は池端義海と深沢耕平と考えてもいいんだろうな」

「ええ。池端を事故に見せかけて死なせたのは深沢でしょう。その深沢は先月七日の夜、自宅で何者かに撲殺されました」

「そうだな。二人には、もうひとり共犯者がいたのかもしれないぞ。時任君は、それを確かめたくて池端と深沢の実家を訪ねる気になったんだね？」

「そうです。もうじき池端の実家に着くはずです。後で報告します」

時任は通話終了ボタンをタップした。ポリスモードを所定のポケットに戻すと、今度は私物のスマートフォンが震動した。

電話をかけてきたのは品田だった。

「きのうときょう、秦栄一の私生活を調べてみたんだが、特に疑わしい点はなかったよ。九千万円近い建売住宅をローンなしで購入できたのは、かみさんの母親が亡くなって一億円ちょっとの金を相続したからだろう」

「それは、複数人の証言で明らかになったことなんですね？」

「そう」

「おやっさん、秦はどんな事件《ヤマ》にも絡んでなかったんでしょう。もう聞き込みは打ち切ってください。お疲れさまでした」

時任は電話を切って、理沙のスマートフォンを鳴らした。ツーコールで、電話は繋がった。

「きのうは、友納と百瀬が所属してる南平台町《なんぺいだいちょう》営業所の同僚たちに探りを入れてみたの。でも、気になるような証言はなかったのよ。きょうは午前九時過ぎから西新宿の共栄警備の本社ビルの近くで、社員たちに友納と百瀬のことをそれとなく訊いてるの」

「現金強奪事件には、二人とも関与してなさそうなんだな？」

「そうなのよ。時任さん、もう少し聞き込みをつづけたほうがいい？」

理沙が問いかけてきた。

「いや、打ち切ってくれないか。友納と百瀬はシロだろう」

「わたしも、そう思うわ。それじゃ、わたしは渋谷に回って紅葉銀行渋谷支店と東光百貨店の関係者に聞き込みをしてみる。現金集配車は東都銀行渋谷支店から、その二カ所をいつも回ってたのよね？」

「そうだ」

「だったら、紅葉銀行と東光百貨店のお金を集配車に積み込んでた人たちも、集配ルートは知ってたはずでしょ？　車が東都銀行渋谷支店に到着する時刻は、おおよそ見当がついていたにちがいないわ」

「おまえさんは、紅葉銀行か東光百貨店の関係者が現金強奪事件の実行犯に見当をつけて、池端と深沢を強請《ゆす》ってたと推測したんだな」

「そういうことも考えられるんじゃない？　池端が共犯者のことを誰かに喋りそうだったんで、深沢は高校の後輩の口を塞《ふさ》いだ。深沢自身は口止め料を払いつづけてたんだけど、巨額を要求されたんじゃないかしら？」

「深沢はその要求を呑まなかったんで、殺《や》られてしまったのではないかと筋を読んだわけか」

「ええ、そうよ。考えられなくはないでしょ？」

「そうだな。それじゃ、渋谷に回ってくれないか」

時任は通話を切り上げ、エルグランドを発進させた。

池端の実家を探し当てたのは、およそ五分後だった。ありふれた二階家は、住宅密集地の外れにあった。捜査資料で池端の母親の名が聖子《せいこ》であることはわかっていた。五十代の後半だ。

時任はエルグランドを池端宅の横に駐《と》め、インターフォンを響かせた。

少し待つと、聖子が応答した。時任は刑事であることを明かし、捜査に協力を求めた。

池端聖子が家の中から現われ、門の扉を開けた。

「早速ですが、息子さんが転落死される前に退職して何か商売をしたいなんてことは言ってませんでした？」

「亡くなる数日前、息子は高校の先輩と飲食関係のビジネスをやるかもしれないなんて言ってました。先輩の名前までは口にしませんでしたけど、その方が開業資金は用意するようなことを言ってましたね」

「お母さんは賛成されたんですか？」

「いいえ、猛反対しました。どうせ先輩にうまく利用されるだけだと思ったからですよ。反対したら、義海はそれ以上のことは言いませんでした」

「そうですか。息子さんの部屋を引き払ったとき、何か異変に気づきませんでしたか？」

「新宿署の方には黙っていたんですけど、枕の中にトランクルームのカードキーが入っていました。大久保《おおくぼ》にあるトランクルームを夫がチェックしたら、段ボールに帯封の掛かった一千万円の大束《おおたば》が五つ入ってました。息子は何か悪いことをして、そのお金を手に入れたんでしょう。なんだか怖くなったんで、夫と一緒に山の中で札束に灯油をかけて燃やしてしまったんです」

「その場所はどこなんですか？」

「小田原《おだわら》の山の中です。義海は地下鉄駅の階段から誰かに突き落とされて死んだのかもしれません。夫もそう感じたんですけど、義海の悪事が発覚することを恐れたものですから……」

「警察には言えなかったんですね」

時任は言った。

「ええ、そうです。息子はどんな悪いことをしてたんでしょう？」

「八年二カ月前、東都銀行渋谷支店の二億八千万円が現金集配車ごと二人組に奪われ、いまも犯人は見つかっていません。息子さんは、その事件に関わっていた疑いがあります。共犯者は高校の先輩だと思われます。その男は先月、自宅で殺害されました」

「義海はなんて大それたことを……」

聖子が泣き崩れた。

「まだ断定されたわけではありません」

「でも、息子は五千万円もトランクルームに隠してたんです。ああ、なんてことをしてくれたんでしょう。育て方が間違ってたのね。きっとそうなんだわ」

「はっきりしたことがわかったら、警察から連絡があると思います。失礼します」

時任は池端宅を離れ、エルグランドの運転席に入った。

深沢の実家は同じ横須賀市内の浦賀《うらが》にある。目的地に達したのは十数分後だった。

田所宅を訪れると、深沢耕平の実の両親が玄関先に現われた。時任は警察手帳を見せてから、父の田所和夫に話しかけた。

「亡くなった息子さんは仮出所してから、美容整形手術を受けたんではありませんか？」

「養子縁組をする前に、目と鼻を整形しました。刑事さんはもうご存じでしょうが、昔、耕平は性犯罪を起こして三年ちょっと服役したんですよ」

「そのことは、知っています」

「姓と顔かたちを変えて、犯罪歴がすぐにバレないようにしたいんだと言ってきたので、手術費用を払ってやりました。息子を養子にしてくれた夫婦に二百万円の謝礼を渡したのは、もう親子の縁を切る気だったからです。過保護ではないんですよ。性的に歪んでいた倅には、ほとほと困っていました。親としてできるだけのことはやってあげたんだから、もう親許には近づかないでくれという気持ちだったんです。わたしだけではなく、家内もね」

「ええ、わたしもそう思っていました」

田所寿美が夫に同調した。時任はどう反応すればいいのか、途方に暮れてしまった。

「刑事さん、ばか息子は何か悪さをして、事業資金を捻出したんではありませんか？」

「お父さんには何か思い当たることがあるようですね」

「ええ。『フェニックス・コーポレーション』を設立する少し前に急に耕平がここにやってきて、大口脱税の常習者から隠し金をしばらく預かってくれる人間を紹介してほしいと頼まれたんで、わたしに約二億円の現金を一カ月ほど保管してくれないかと頭を下げたんですよ」

「それで？」

「やくざマネーかもしれないと思ったんで、きっぱりと断りました。そうしたら、息子は自分が謝礼を前金で渡してもいいと蛇腹《じゃばら》の札入れを取り出したんです。その長財布は膨《ふく》れ上がっていました。二百枚以上の万札が入ってたでしょうね。それで、耕平が他人《ひと》さまの金に手をつけたと直感したんですよ。そうなんでしょう？」

田所和夫が時任の顔を覗き込んだ。

時任は少し迷ってから、深沢耕平が高校の後輩の池端義海と共謀して東都銀行渋谷支店の現金二億八千万円を集配車ごと奪った疑いが濃いことを伝えた。

「やっぱり、そうでしたか」

「息子さんは、それきり実家には寄りつかなくなったんですか？」

「ええ、そうです。ただ、数カ月後に耕平から電話があって、『もしも新見という男が訪ねてきても、金なんか一円も預かってないと追い返してくれ』と言ったんです。おそらく息子はその男に不正な方法で大金を得たことを知られ、脅迫されてたんでしょうね」

「新見という姓を言っただけで、下の名は口にしなかったんですか？」

「ええ、苗字を言っただけでした」

「お父さん、十二年前の秋に耕平が乱暴しようとしたＯＬは新見香織という名前でしたよ」

妻が言った。

「ああ、そうだったな。事件の被害者の兄か弟が息子の悪事を知って、仕返しのつもりで高額な口止め料を脅し取るつもりだったんだろうか。刑事さん、どう思われます？」

「そんなことはないでしょう」

時任は否定したが、新見に対する疑念は膨らむ一方だった。新見は潰したペットショップの開業資金を深沢耕平から脅し取ったのではないか。

時任は田所夫妻に謝意を表し、車の中に戻った。

捜査資料を繰《く》る。なんと新見敏は現金強奪事件が起こったころ、東光百貨店本店経理部に勤めていた。デパートの売上金を集配する際、ガードマンだった池端としばしば接触していたと考えられる。接点があったわけだ。

新見は急に金回りのよくなった池端を不審に感じて、密かに尾行を重ねていたのではないか。そして、二億八千万円強奪事件の主犯が深沢耕平と知ったのではないだろうか。

こじつけめいているが、まるでリアリティーのない推測ではない気がする。新見は深沢が仮出所した日、妹をレイプしようとした相手に怪我を負わせた。

それだけでは気持ちが収まらないだろう。チャンスがあれば、妹を自殺に追い込んだ性犯罪者にさらなる報復を加えたいと考えていたのではないか。

といって、自分が傷害や殺人未遂容疑で捕まるのはばからしい。新見は、いずれサラリーマンに見切りをつける気でいたのではなかろうか。そうだとすれば、犯罪者から多額な口止め料をせしめてペットショップの開業資金に充《あ》てたと推測できる。

しかし、新見はペットショップの経営に失敗してしまった。喰うために犬の調教や散歩代行をしているが、それで終わりたくはないはずだ。

新見は再起に必要な金を深沢からさらに強請《ゆす》る気になったのではないか。

だが、深沢は開き直って逆に新見に恐怖を与えたのではないだろうか。『フェニックス・コーポレーション』の社長は自滅覚悟で、新見の恐喝を刑事告訴すると息巻いたのかもしれない。

そうされたら、再起どころではなくなる。新見は妹の恨みもあって、深沢を殺害する気になったのではないだろうか。しかし、殺人者として捕まりたくはない。そこで、猟奇殺人を装ったのではないか。

「新見に揺さぶりをかけてみるか」

時任は呟いて、車を走らせはじめた。桜新町《さくらしんまち》にある廃業したペットショップに急ぐ。

店舗を兼ねた新見の自宅に着いたのは、一時間数十分後だった。シャッターが下《お》りていて、張り紙が貼付されている。

静岡県裾野《すその》市郊外にあるドッグラン付きのペンション『リッキー』に泊まり込んで、顧客の愛犬を調教していると記されていた。愛犬の調教を希望される方は、出先まで赴《おもむ》いてほしいと付記されている。時任はペンションの所在地を頭に入れてから、寺尾理沙に電話をかけた。

あいにく通話中だった。私物のスマートフォンを耳から離した直後、当の理沙から電話がかかってきた。

「時任さん、新見敏はペットショップを開業するまで東光百貨店本店の経理部で働いてて、共栄警備の池端とは顔見知りだったのよ。深沢は十二年前、新見の妹をレイプし損なったんでしょ？」

「そうだ」

「新見は池端が急に金回りがよくなったことを怪しんで、東都銀行のお金を現金集配車ごと強奪した二人組の正体をつきとめて深沢からペットショップの開業資金をせしめたんじゃない？　深沢は池端を転落死させたことを新見敏に知られてしまったんで、脅迫に屈したんだと思うわ。その後、犬のトレーナーで細々と食べてる新見にまた無心されたんで、深沢は反撃の姿勢を見せた。新見は恐喝のことを暴《あば》かれたくなかったんで、女の犯行に見せかけて青銅《ブロンズ》の壺で深沢を撲殺したんじゃないのかしら？」

「女性刑事を志願しただけのことはあるな。いい勘してるよ。おれも池端と深沢の実家を訪ねて、そう筋を読み直したんだ。しかし、状況証拠だけじゃ弱い」

「ええ、そうね」

「おまえさんは三軒茶屋の『アクエリアス』ってスナックに行って、ママに新見のアリバイ工作に協力したんじゃないかと追及してみてくれないか。夕方前にママは店に入ると思うよ、仕込みがあるだろうからな。新見のアリバイが崩れりゃ、おれたちの勝ちだ」

「わかったわ」

「おれは、これから裾野市に行く」

「新見は知り合いの別荘にでも逃げ込んだの？」

「そうじゃないんだ」

時任は詳しいことを話し、エルグランドを発進させた。

東名高速道路の下り線をひたすら走る。裾野ＩＣの料金所を出て間もなく、理沙から電話があった。

「ママ、三時半過ぎに店に入ったのよ。ブリ大根を作るんで、いつもよりも早く来たんだって。先月七日の夜、やっぱり新見は『アクエリアス』には顔を出していなかったわ」

「そうか」

「新見が店に来たのは前の晩だって。そのとき、ママに使いかけの口紅を十万円で譲ってくれと言ったそうよ。それからアリバイ工作に協力してくれと拝まれたんで、協力する気になったらしいわ。ママは貰ったお金から二万円ずつを二人の常連客に渡して、嘘の証言をしてくれとお願いしたんだって」

「これで、新見敏はもう逃げられないだろう。『リッキー』というドッグラン付きのペンションの近くまで来てるんだ。新見の身柄《ガラ》を押さえたら、連絡するよ」

時任はスマートフォンを懐に戻し、先を急いだ。

『リッキー』は料金所から五キロほど離れた自然林の中にあった。時任はペンションの手前でエルグランドを降り、そっとドッグランに近づいた。

新見は茶色いピットブルを調教中だった。闘犬として知られた獰猛《どうもう》な犬だ。土佐犬をあっさり倒すほど強い。

「そっちは深沢が池端と組んで東都銀行の二億八千万円を車ごと強奪したことを嗅《か》ぎ当て、『フェニックス・コーポレーション』の社長だった深沢にペットショップの開業資金を出させ、さらに再起に必要な銭を出させようとした。ところが、深沢は捨て身で反撃してきた。そっちは破滅を恐れて、深沢を猟奇殺人を装って撲殺した。どこか違ってるか？」

時任は大声で言って、ドッグランの白い柵《さく》に接近した。

「わたしが殺人者ですって⁉」

「もう観念しろ！　『アクエリアス』のママが使いかけの口紅を十万で売って、アリバイ工作に協力したことを認めてるんだ」

「ママに十万円も渡したのに……」

新見が悪態をつき、ピットブルをけしかけた。

闘犬が猛然と走りだした。柵を潜《くぐ》り抜けて、突進してくる。時任は身構えた。

太腿の筋肉を噛み千切《ちぎ》られるかもしれない。時任はホルスターから拳銃を引き抜き、安全装置を外した。ピットブルが高く跳躍《ちょうやく》した。

時任は少し的《まと》を外して、引き金を絞った。乾いた銃声が轟く。

放った銃弾は闘犬を掠《かす》めそうになった。着地したピットブルが牙《きば》を剝《む》いた。時任はピットブルの足許に一発撃ち込んだ。

土埃《つちぼこり》が舞い上がった。

ピットブルが竦《すく》み、ペンションの裏側に逃げ込んだ。

「撃たないで！」

新見が震え声で訴え、両手を高く掲げた。

時任はシグＰ230Ｊを握ったまま、ドッグランに入った。

「ガードマンの池端の金回りがよくなったんで、深沢と共謀して東都銀行の二億八千万を車ごと強奪したと睨んだんだな？」

「そうじゃないんです。強奪の分け前は折半という約束だったのに、高校の先輩に五千五百万しか貰えなかったんで、池端はわたしに共犯者の名を教えてくれたんですよ」

「それが妹に乱暴した深沢だということを知って、そっちはペットショップの開業資金を深沢から脅し取ったんだなっ」

「ええ、五千万出させました。でも、悪質なブリーダーに騙《だま》されて客の信用を失い、『ジョイフル』は畳まざるを得なくなったんです」

「犬の調教師で終わりたくなかったんで、再起に必要な金をせしめようとしたんだろう？」

「はい、そうです。深沢が丸ノ内線新宿駅の階段から池端を突き落としたことは間違いありませんから、黙って追加の五千万もすんなり出すと思ってたんですが……」

新見が言い澱《よど》んだ。

「要求を突っ撥ねられたんだな？」

「そうなんですよ。いい気になってると、殺し屋に始末させるとも凄まれました」

「そっちはビビって、先に深沢を殺《や》っちまおうと思った。そういうことなんだなっ」

「はい」

「兄妹愛よりも銭《ぜに》のほうが重かったわけか」

「…………」

「自ら命を絶ってしまった妹を裏切ったという後ろめたさはなかったのか？」

「後ろめたさは感じていましたよ」

「だったら、獄中で毎日死んだ妹に詫びつづけろ！」

時任は拳銃をホルスターに戻し、手錠を引き抜いた。

新見が両手を挙げたまま、水を吸った泥人形のように頽《くずお》れた。時任は足早に歩き、無言で新見に前手錠を打った。

二〇一五年十一月　徳間文庫刊

光文社文庫

接点《せつてん》 特任警部《とくにんけいぶ》

著 者 南《みなみ》 英《ひで》 男《お》

2023年12月20日 初版1刷発行

発行者 三 宅 貴 久
印 刷 堀 内 印 刷
製 本 ナショナル製本

発行所 株式会社 光 文 社
〒112-8011 東京都文京区音羽1-16-6
電話 (03)5395-8147 編 集 部
8116 書籍販売部
8125 業 務 部

落丁本・乱丁本は業務部にご連絡くだされば、お取替えいたします。
ISBN978-4-334-10159-6 Printed in Japan

組版 萩原印刷